U0740443

# 李浔诗选

常春藤诗丛

武汉大学卷

李少君 主编

李浔 著

陕西新华出版传媒集团
太白文艺出版社

图书在版编目（CIP）数据

李浔诗选 / 李浔著. -- 西安 : 太白文艺出版社, 2019.1

（常春藤诗丛. 武汉大学卷）

ISBN 978-7-5513-1582-1

Ⅰ. ①李… Ⅱ. ①李… Ⅲ. ①诗集—中国—当代 Ⅳ. ① I227

中国版本图书馆 CIP 数据核字（2018）第 294773 号

---

李 浔 诗 选

LI XUN SHIXUAN

作　　者　李浔

责任编辑　侯琳

封面设计　不绿不蓝　杨西霞

版式设计　刘戈

出版发行　陕西新华出版传媒集团

　　　　　太 白 文 艺 出 版 社

经　　销　新华书店

印　　刷　北京彩虹伟业印刷有限公司

开　　本　787 毫米 ×1092 毫米　1/32

字　　数　84 千

印　　张　7.75

版　　次　2019 年 1 月第 1 版

书　　号　978-7-5513-1582-1

定　　价　45.00 元

---



联系电话：029-81206800

出版社地址：西安市曲江新区登高路 1388 号（邮编：710061）

营销中心电话：029-87277748　029-87217872

# 珞珈山与珞珈诗派
## ——《常春藤诗丛·武汉大学卷》序言

一所大学能拥有一座山，已属罕见；而这座山在莘莘学子心目中拥有不可替代的崇高地位，在当代中国也是少有；并且，这座山还被誉为诗意盎然的现代诗山，就堪称是唯一的了。在这里，我说的就是武汉大学所在地珞珈山。

前段时间，我在网上看到一篇报道，是武汉大学北京校友会会长、著名企业家陈东升在校友会上的发言。他说："珞珈山是我心中的圣山，武汉大学是我心中的圣殿，我就是一个虔诚的信徒和使者。"把母校如此神圣化，让人震撼，也让人感动，更充分说明了珞珈山的魅力。

武汉大学每年春天举办一次面向全国乃至世界在校大学生的樱花诗会。有一年，作为樱花诗会的嘉宾，我也说过类似的话："站在这里，我首先要对珞珈山致敬。这是一座神圣的现代诗山，'珞珈'二字就是闻一多先生给它的一个诗意命名。从此，珞珈山上，诗意源源不断，诗情绵绵不绝，诗人层出不穷。”

因此，关于珞珈山，我概括了这样一句话：珞珈山是“诗意的发源地，诗情的发生地，诗人的出生地”。在这里，我想对此略加阐释。

第一，关于“诗意的发源地”。关于诗歌的定义，有这么一个说法一直深得我心：诗歌是自由的美的象征。而美学界早就有过这样的论述：美是自由的象征。在武汉大学，很早就有过关于珞珈山上武汉大学的特点的讨论。不少人认为，第一就是自由。即开放的讨论，自由的风气，积极进取的精神。早在 20 世纪 80 年代，武汉大学就被认为是中国高校改革的试验区，学分制、转学制、双学位制、作家班制、插班生制等制度改革影响至今。关于自由的概念争议很大，但我同意这样的看法，人所取得的一切在某种程度上是其自由创造的结果。2018 年是改革开放四十年，中国目前所取得的成就，可以说是中国人民四十年来自由创造所取得的成果。珞珈山诗人王家新曾说，现在的一切，是 20 世纪 80 年代精神的成就和产物。这样一种积极自由的努力，在珞珈山上随处可见，这也是武汉大学创造过众多国内第一的原因。包括珞珈诗派，在国内高校中，也是第一个提出诗派概念的。所以，武汉大学是诗意的发源地，因为这里也是自由的家园。

第二，关于“诗情的发生地”。武汉大学校园风景之美中国公认，世界罕见。这样的地方，会勾起人们对大自然天然的热爱，对美的热爱，这是一种天生的诗歌的情感。而在这样美好的地方生活、学习和工作的人，比一般人就敏感，也更随性随意，这是一种诗意的生活方式。樱园、桂园、桃园、梅园、枫园，校园里每个地方每个季节都触发人的情感，诗歌就是“触景生情，睹物思人”，因此，珞珈山是“诗情的发生地”。在这里，各种情感的发生毫不奇怪，比如很多人开玩笑说武汉大学出来的学生，比较“好色”，好山色水色、春色秋色，还有暮色月色，以及云霞瑰丽、天空碧蓝等。情感也比一般人丰富，对美的敏感度远高于其他高校学生。而比起那些一直生活在灰色都市里的人，珞珈山人的情感也好，故事也好，显然要多很多。

第三，关于“诗人的出生地”。意思是在珞珈山，因为环境的自由，风景的美丽，很容易成为一位诗人，而成为诗人后，必定会有某种自觉性。自觉地，然后是努力地去成为更纯粹的诗人，以诗人的方式创造生活。当然，这并不是说珞珈山出来的人都会成为诗人，而是说受过珞珈山的百年学府文化影响和湖光山色陶冶的学子，都会有一颗纯净的诗心，执着于自己的追求；会有一种蓬勃的诗兴，充满激情地为自己的事业而奋斗。陈东升说，珞珈山出来的人，天性气质“质朴而浪漫”，这就是一种诗性气质。珞珈人具有天然的诗性气质，也是珞珈人特有的一种气质，它体现为一种精神：质朴，故能执着；浪漫，所以超越。

说到珞珈山的诗人，几乎都有单纯而质朴的直觉。王家新算得上珞珈山诗人中的大“诗兄”，他是“文革”后第一代大学生，又参与过第一本全国性大学生刊物《这一代》的创办。《这一代》是由王家新、高伐林与北京大学陈建功、黄子平，吉林大学徐敬亚、王小妮，湖南师大韩少功，中山大学苏炜等发起的，曾经轰动一时。后来王家新因出名较早，经常被划入“朦胧诗派”，他的写作、翻译影响了好几个时代，他现在在中国人民大学文学院当教授、带博士生，一直活跃在当代诗坛。家新兄大名鼎鼎，但写的诗却仍保持非常纯粹的初始感觉，让人耳目一新，比如他的《黎明时分的诗》，全诗如下：

黎明
一只在海滩上静静伫立的小野兔
像是在沉思
听见有人来
还侧身向我打量了一下
然后一纵身
消失在身后的草甸中

那两只机敏的大耳朵
那闪电般的一跃
真对不起

看来它的一生
不只是忙于搬运食粮
它也有从黑暗的庄稼地里出来
眺望黎明的第一道光线的时候

我总觉得这只兔子是珞珈山上的，其实就是诗人本身，保持着对生活、对美和大自然的一种敏感。这种敏感，源于还没被世俗污染的初心，也就是“童心”和“赤子之心”，只有这样纯粹的心灵，才会有细腻细致的感觉，感觉到和发现大自然的种种美妙。王家新虽然常常被称为知识分子写作，但他始终没被烦冗的修辞技术淹没内心的纯真敏锐。按敬文东的说法，王家新是“用心写作”而不是“用脑写作”的。

无独有偶，比王家新年轻十来岁的邱华栋也写过一只小动物松鼠。邱华栋少年时就是诗人，因为创作成绩突出被保送到武汉大学，后来主攻小说，如今是鲁迅文学院常务副院长。邱华栋的诗歌不同于他的小说，他的小说是他人生经历和阅读学习的转化，乃至他大块头体型的体现。他的小说庞杂，包罗万象，广度深度兼具，有一种粗犷的豪放的躁动风格。而他的诗歌，是散发着微妙和细腻的气息的，本质是安静的，是回到寂静的深处，构建一个纯粹之境，然后由这纯粹之境出发，用心细致体会大自然和人生的真谛。很多诗句，可以说是华栋用自己的思想感受和身体感觉提炼而成的精华。比如他有一首题为《京东偏北，空港城，一只松鼠》的诗歌，特别有代表性，堪称这类风格的典范。全诗如下：

朝露凝结于草坪，我散步

一只松鼠意外经过
这样的偶遇并不多见

在飞机的航道下，轰鸣是巨大的雨
甲虫都纷纷发疯
乌鸦逃窜，并且被飞机的阴影遮蔽
蚱蜢不再歌唱，蚂蚁在纷乱地逃窜

所以，一只松鼠的出现
顿时使我的眼睛发亮
我看见它快速地挠头，双眼机警
跳跃，或者突然在半空停止
显现了一种突出的活力

而大地上到处都是人
这使我担心，哪里使它可以安身？
沥青已经代替了泥土，我们也代替了它们

而人工林那么幼小，还没有确定的树荫
我不知道我的前途，和它的命运

谁更好些？谁更该怜悯谁？

热闹非凡的繁华都市，熙熙攘攘人来人往的空港，已是文坛一腕的邱华栋，心底却在关心着一只不起眼的松鼠的命运，它偶尔现身于幼小的人工林中的草坪上，就被邱华栋一眼发现了。邱华栋由此开始牵挂其命运，到处是水泥工地，到处是人流杂沓，一只松鼠，该如何生存？邱华栋甚至联想到自己，在时代的洪流中，在命运的巨兽爪下，如何安身立命？这一似乎微小的问题，既是诗人对自己命运的追问，其实也是一个世纪的“天问”。文学和诗歌，不管外表如何光鲜亮丽，本质上仍是个人性的。在时代的大潮中，诗歌可能经常被边缘化，无处安身，实际上也不过是一只小松鼠，弱小得无能为力，但有自己的活力和生命力，并且这小生命有时会焕发巨大的能量。这只松鼠，何尝不也是诗人的一种写照？

一只兔子，一只松鼠，这两只小动物，其实可以看成珞珈山诗人在不同场景中的一个隐喻。前一个是置身自然，对美的敏感；后一个是身处都市，对生活和社会的敏感。这两只小动物，其实就是诗人自身的形象显现。

其他珞珈山的诗人也多有这一特点，比如这套诗丛里的汪剑钊、车延高、邱华栋、黄斌、阎志、远洋、张宗子、洪烛、李浔等，每个人都有自己对于美、生活和社会的敏感点，可见地域或背景对诗人的影响是自然的也是必然的。凡在青山绿水间成长的诗人，总是有一种明晰性，就像一株草、一朵花或一棵树，抑或晨曦的第一缕光、凌晨的第一声鸟鸣或天空飘过的一朵白云，总是清晰地呈现出来，不像那种雾霾都市昏暗书斋的诗歌，自己都不知道自己在发泄和表达些什么，总是晦暗和艰涩的。

当然，珞珈诗人的特点不限于敏感，虽然敏感是诗人的第一要素。他们还有着很多的其他的特点：自由，开放，具有理想的情怀、浪漫的色彩和包容的气度，充满想象力和创造力。这一切，也是珞珈山赋予他们的。自由，是珞珈山的诗意传统和无比开阔的空间，给了珞珈诗人在地理上、精神上和历史的天空翱翔的自由；开放包容，是武汉大学特有的居于中央贯通东西南北的地理位置，让珞珈诗人有了大视野、大格局；珞珈山那么美，东湖那么大，更是珞珈诗人想象力的根基，也是珞珈诗人浪漫和诗情的来源，而最终，这些都会转化为一种大气象、大胸襟和创造力。所以，珞珈诗人的包容性都是比较强的，古今中外兼容并蓄，没有拘谨地禁锢于某一类。所以，除了诗人，珞珈山还盛产美学家、诗歌评论家和翻译家，他们也都写诗。整座珞珈山，散发着一种诗歌气质和艺术气息。

总之，珞珈诗派的诗歌追求，在我看来，首先，是有着一种诗歌的自由精神，一种诗歌的敏锐灵性与飞扬的想象力；其次，是其开放性与包容性，能够融汇古今中外，不偏颇任何题材形式；最后，是对诗歌美学品质的坚持，始终保持一种美学高度，或者说“珞珈标准”，那就是既重情感又重思辨，既典雅精致又平实稳重，既朴素无华又立意高远。现实性与超越性融合，是一种感性、独特而又有扎实修辞风格的美学创造。

李少君

2018 年 10 月

# 目录

## 辑一

## 随笔诗

## 辑二

## 江南家书

## 辑三

## 外界

## 辑四

## 屈服于想象

# 辑一

# 随笔诗

# 和草在一起

一棵无人辨识的草，终于高过你的膝盖
再高一点的地方，只有蚊子
它们幸福地飞翔
吃牛血，喝露水，看夜慢慢长大
和草在一起，你开始潦草起来
不关心政治，不赞美风花雪月
在缺少人气的夜里
听虫子叫着亲爱的朋友
和草为伴，这一切都和人无关
你随着风一次次放低腰身
终于感到再也不会无地自容

2014 年 12 月 26 日　湖州

# 流水

你命中缺水，却有着起伏的面相
回忆就是一杯水，有时会晃出一滴
坐在河边，看渡水的船
穿针引线修补不时断掉的行程
流水，像说不完的家乡话
里面的风水紧系在土地庙的脖子上
缺水的人，有时会卷入这样的流水
一条女人的腰带，它游过的平原
有着刻薄的咒语和伤风败俗的倒影
水流走了，命中缺水
解渴的历史就是那朵妩媚的浪花

2015 年 12 月 24 日　南疆柯坪

# 河吊足了他们的胃口

没有比流水更公平了
比如，那些鱼
错过机会的都游到远处快活去了
留下的它才会成为鲜美的鱼
没有比流水更无情了
比如，那些下钩或上钩的人
河吊足了他们的胃口
各种各样的方式等待
一年或一万年
时间随着河拐弯时
人间的痛是弯的，且有着倒刺

2017年10月2日　湖州

# 三伏天

三伏天已没有远方了，血无处可逃
体内那颗老于世故的心，沉坐在想象之下
像潜伏在河边的老村庄
很多年前，远方的路只在身上走了一圈
回流的血就彻底忘掉了上游
如今太阳太毒，知了太吵，无知的人血性太多
往事浑浊，想象炎热难忍。刮痧吧
直到那片牛角骨刮过你平静的表皮时
一身的罪过已被血刨过

2015 年 12 月 22 日　南疆柯坪

# 擦玻璃的人

擦玻璃的人没有隐秘，透明的劳动
像阳光扶着禾苗成长
他的手移动在光滑的玻璃上
让人觉得他在向谁挥手

透过玻璃，可以看清街面的行人
擦玻璃，不是抚摸
在他的眼里却同样在擦拭行人
整个下午，一个擦玻璃的人
没有言语，没有聆听
无声的劳动，那么透明，那么寂寞

在擦玻璃的人面前
干干净净的玻璃终于让他感到

那些行人是多么凌乱

却又是那么不可触摸

# 犀牛

这个夏天，草原已经遥远，角近在眼前
嬉水的日子和格林尼治的时间无关
犀牛，陌生的年代，卑微的青草
我还是看见了你缩在内心里的节日
你不关心前程、闪电、弯路
唯见那只小雀栖息在你厚实的肩头
远处是没有影子的日子
更远处是不会失败的草原
多年后，傲慢被人盛在你的角里
碰杯，再碰杯，绵延着你的初衷

2011 年 10 月 15 日　湖州

# 这个时代的耐心

去年的桃，过冬之后仍不沾荤腥
今年的荠菜花，小心得像一个初入江湖的劫匪
这些，不像是一个节日的场景
但这是实景。春天了，鱼当然知道
那个血压偏高的人，会犯晕
会像那条河，怕有太多的路和桥
许多年前，牛郎和织女的私房话
有一错再错的语法问题
素，是有传统的。像灶房的那捆木柴
不言不语，守着小白菜过清白的日子
你知道，桃会开花，会在友人的眼里
花瓣，也是河边的磨刀石，能磨去赏花人的耐心

2015 年 2 月 15 日　湖州

# 钉子

无力的钉子在地上多么像一粒粒种子
它们会发芽吗
你的疑问就是一枚钉子

榔头把钉子敲进墙面或木头的瞬间
你应该记得这沉闷的声音
这是强行进入的行动
是思想和行动结合的声音
尖锐的钉子在里面已见不到光了
没有光明的钉子挤在陌生的地方
仍然钉牢了尖锐的初衷
但谁都不知尖锐是什么模样了

是的，你尖锐惯了
那颗坚强的心，是谁把它削尖

又是谁，把没有阶级的钉子
敲进一直木讷的身体

2010 年 9 月 30 日　湖州

# 惊蛰

这浮动的春水，随手可摸的浮脉
脉象紊乱。那些年，春水一直在床沿儿上
在私奔的路上，也会像白绫挂在树上
每当我想起这些，春水不回头了
我也洗不尽它的倒影。现在
我只做一株水柳，你所看到的是
风摸过我新芽时，摇晃的样子
鸟在枝头傲慢地叫着，还有月亮挂在树顶
引来只说情话的人，面对这一切
我没话可说。这是你知道的
我就是那个经过多次惊蛰的人

2016 年 8 月 16 日　南疆柯坪

# 草帽歌

我只能慢慢道来。话说
那条来路，它的前世早已被草咀嚼
但我还是看见，揭竿而起的泥腿子
像那只蜻蜓一样，没有耐心的
革命。至今我记得，你们怕更大的风
怕风会吹走压在草帽里的一张小额银票
哦，就是那顶草帽，虚掩着
耷拉着，破败着。在风起云涌的日子里
遮住了许多脸面的草帽，让每一个朝代
散发出幽默或神秘的气息
如今，在我不痛不痒的叙述中
那些菜刀、锄头、晾衣竹竿
仍在所有人的家乡，代代相传
我不能再说了，草帽
已成了口号，也许还是时尚

它的事迹，会让我说上十个朝代

掀起他们的草帽吧，一脸无辜的人会告诉你

在这条来路上，喜欢草帽的人

正在日夜兼程

2016 年 4 月 16 日　南疆柯坪

# 弯刀

举起的弯刀，寒光被热血擦得更加苍白
你不可忘记草原尽头的明月
不会，忘掉这连绵的蹄声
马还在奔跑，想象却有点迟疑，风更慢
这样的场景，刀是弯的
来路也不是直的
有人叫你匈奴，匈奴
回荡的声音比枯草更潦倒
匈奴，匈奴，这样的声音
只有在马蹄声中才显得嘹亮
有人叫你匈奴，奔走过的路
每一条捷径都像弯刀一样锋利

2012年2月15日　湖州

# 一只被承载的瓶子

在这只蓝色的清爽光滑的瓶子面前
你想装进心里所有的想法
此刻，自私是透明的
这些鸟鸣，流水声，萤火虫
还有你呼吸过的气息
你把自己不可能做到的事
都装进了瓶子。这只被承载的瓶子
无休无止地接纳你的想象
有时你也会想，也许它会破碎
它的碎片会闪烁着不可预测的光芒
但有一点你可以肯定，总有一天
有人会说：这该死的碎玻璃

2016 年 3 月 12 日　南疆柯坪

# 在没有瑕疵的失眠里

摆上小凳，请失眠的人都来坐坐
那只虫子的鸣叫，像一条小溪
从头到尾都有你的倒影
在秋天，有声音的事和人
都会让树叶落地，让往事满天飞
睡不着真好，清醒、洁白
在没有瑕疵的失眠里，天越来越高
这是天大的好事，从此
心再也不会比天高了

2017 年 9 月 9 日 湖州

# 花椒

原谅我不太适应重口味的火锅
我才尝了一口，花椒
就让我想起了分手时你说过的狠话
那么多年了，我的手指
在地图上指摸过进川的每一条路
花椒，习惯江南小炒的我
喜欢小白菜，喜欢清蒸太湖白鱼
喜欢毛毛雨和不辣的问候
花椒，但我每天看四川气象
比看电视剧更准时

今天，四川的那个光头诗人来了
龟儿子，从早喝到晚
是他，让我又一次回顾了你
花椒，阴阳锅就在我面前

牛筋、牛百叶、心肝，就在那里
它们全都像我不易消化的往事
现在，阴阳锅里有我的倒影
我和花椒又黏糊在了一起
沸腾着，又辣又麻

2014 年 12 月 31 日　湖州

# 江湖

河面上，有整个天空
这轻浮的气象，像脸上偶尔泛起的气色
行走江湖的人都有这腥味的经验
随一条船破浪，拐弯处有岸
你写下了几朵浪花和寡言的旋涡
你看，你还能干些什么
一条河的尺度，仅仅是几朵浪花
就分开了。什么是愉悦什么是沉默
江湖不会老去，瞬间或悠久
你心思重了，船就有怯意
过河之鲫，犹如你
脑袋里晃动的全是鱼跃龙门的声音

2017 年 3 月 10 日　湖州

# 炒豆子

如果你孤独，就守着灶台炒豆子
豆子们翻滚的样子
让你知道什么叫拆不散的冤家
炒豆子，密集的声音也有另外的样子
心里话拥抱在一起
那么明亮，那么清脆
像星星都落在了屋顶上

2015 年 7 月 2 日　湖州

# 织网人

自古至今，在河边总看见几张网支撑着不变的风情
他为了要对得起河，对得起无限的精力
甚至那么多有期待的人，只有织网

一个没抱负的织网人
他总在自己所织的网面前格格不入
仿佛这世界从来就没有过漏网之说

2017 年 2 月 16 日　湖州

## 忽略

你说，舍和得与天生洁癖无关
洁身自好和取之有道隔着长江黄河

许多年，来路都在箱底
结果只有良性与恶性

在人人都看得见的地方
人成为群众，成为共识

你说，只信那个被大众忽略的人的话：
值得下手的地方总是有灰尘

2017 年 2 月 18 日　湖州

# 钻石

你应该照料这些钻石，它们一脸稚气
不懂时辰，不知冷暖，甚至灿烂得
有点淘气。这群在阳光下奔跑的孩子
只看见和水果一样香脆的日子，听见那么大的天
唱着蓝色的歌。这样的场景，足以划碎
一直打不破的，又阴、又暗、又硬的世道

它们就是钻石，有太多的母亲把你捧在手中
甚至用线牵着你，挂在离心最近的胸前

2016 年 4 月 14 日　南疆柯坪

# 少林寺

远一点的地方，是僧袍藏得下的江山
近处，是八千里月，仍照不亮世外的人
许多年，在这么一点点的地方
不回头，不皱眉
许多人，在到处是庄稼的山坡上
不食人间烟火，却不比松柏长寿
我走过山门，看见被人踏实的路
像被橡皮擦过的一行空白
清晨，手拎水桶的小师傅站在那儿
一小块倒影里，除了天空还是天空
这无法填充的空间，就是心让出的位置

2016 年 5 月 12 日　南疆柯坪

# 那时候的草原

那时候，马日行千里，去了漠北
格桑花开在鞭声里
毡房里有热酒，炕上有红兜肚
有月亮的夜，虫鸣在爬山坡
当然还有快乐的狼，幸福的鹰

草原的传说，只剩下
年年腐烂年年发芽的草根
风不能再低了，草和羊也是
那时候的草原，坦率、真诚
有点像留有络腮胡子的大叔
从草原回来，他不走弯路
两只耳朵又软又红

2017 年 9 月 28 日　湖州

# 蛇语

你游走人间，看见爱尝禁果的人
却用一个农夫做幌子，来掩饰人的贪婪
好色、傲慢、好高骛远
吃在嘴里，还望着另一座山上的智慧果
而你最懂得草的承受能力，也知晓
路，只是人走的。你左右顾盼
一路上心知肚明，躲避人的脚印
不听人话，尤其远离那篇《捕蛇者说》
你厌世就冬眠，想重新认识人间时
就会蜕下人已熟悉的外皮。你以毒攻毒
所谓毒液，却不及人的一嘴唾沫
已经是深秋，冬眠的日子也快到了
不说也罢，你天生有自知之明

2016 年 5 月 21 日　南疆柯坪

# 陆上的水手

爬惯了浪尖的水手
现在安静的山里，草和树无聊
鸟与风散漫，昔日勇士走过的路
因腐败的落叶已不忍落脚
在海上无数次眺望过的山
有着如此松散的前景
面前的山，深远而迂腐
陆上的水手，从登山开始
已有了晕船的感觉

2017 年 4 月 2 日　湖州

# 墙上的事

祖宗一身朝服，目光炯炯
已在墙上五百年了
他点完香，忽然醒悟说
只有把路走完整了才可以上墙

他真的走了，走得如此干净
不带走老屋的一点灰尘

老屋里没人，一只壁虎
趴在祖宗的肩膀上
似乎听见了祖宗在说：
只有把路走厌倦了才可以上墙

2017 年 2 月 27 日　湖州

# 过桥即景

过桥的人，由下往上再顺势走向低处
多像一个波浪上溅起的一点水珠
这是一个有着起伏却不会湿鞋的细节
如果桥的倒影往上抬了一点
水中的云，鱼，就飘得游得快些

过桥的人，每往上走一步
身后的路像被洗干净的手，不会摸东摸西了
桥上的人，每往下走一步
对岸的村子蹲在那里，像一只警惕的看家狗

2016 年 6 月 14 日　南疆柯坪

# 仙

中堂上的鹤有了私语，松听懂了
有人在写家书，抬头是云
在自家的院里锄地，种下了十万颗星星
此刻是蓝色的，河水绕在梦的脖子上
月亮不忍再出来了，天越来越黑
只有狐狸的眼睛像两块明镜

每一个屋顶都有天上的声音
不信，你可以再等些日子
雨说来就来，彩虹和瓦上的太阳花说开就开
远方的路啊，那些纸上的字
挤垮了那么多有才华的人
风在树上，传闻都在路上
你也在其中，三生有幸在又圆又大的抱负中

从梦里跑出的狐狸，它偷窥人间
路上的人啊，你要小心
总有一片云会压痛你的肩

2017 年 4 月 29 日　湖州

# 忧患是药

头顶着天，天大得鸟心慌
这小翅膀也能丈量出天的心思
脚踏着地，这松散的世道
有着让人无从下脚的宽广
你这个渺小的人，在天地间
只能忧患，像那只唱哑了嗓子的鸟
你已经病了，煎熬中的日子
喝多了恩怨，像那枝甘草
有着入世的表情
你真的病了，把忧患倒在路上
像药渣一样让行人多踩踩

2017 年 3 月 27 日　湖州

# 恋爱

恋爱中的女人，都会面对一块石头
它沉默、顽固、粗糙，甚至对露水无动于衷
无知的石头，都会爱上盲目的手
它灵活、妖娆、细致，甚至接纳会被敲碎的结果
风总会如期而来，情如吹散的小鸟
师父，人间的声音为何落地生根
敲敲木鱼吧，恋爱就是软硬兼施的小事
一块石头，就这样让草晃得毫无目的

2015 年 10 月 20 日　南疆柯坪

# 熟的秘密

这摸不得的旧话题，太熟了
朋友、知己、夫妻都在其中
熟读的脸上都有着退让的往事
看看他的眼睛，沉下去的是水
浮起的是云。太熟了
不需要春来发几枝，不要落地生根

他说，君子坦荡荡是绕口令无疑
曲高和寡，是一棵后门的树
一脸无辜的鸟认得那条停惯了的树枝
河会在有相好的地方拐弯
熟，是不能说的秘密
只有轻，才有倒影。是的
煮熟的水是走不远的

2017 年 3 月 6 日　湖州

# 隔言

隔墙有登高的人，隔肩有攀爬的手
隔了朝代的字，有着不肯改悔的笔画
因为隔，有了那么多的人手和结果
还是回到现实中来吧，看看
隔了河的苦难，只有到海边才看见眼里容不下的沙
因为镜，隔了一层玻璃
原来的你不见了，还隔墙有耳
沉默是一朵隔季的花
这是多么悲催的事，今天的话非要隔夜再说
就像你和他因为有了第三者，说话必须翻墙而过

2017 年 3 月 4 日　湖州

# 鱼语

流水中，有最终目标的随大溜者
鱼，轻浮，潜水或摆尾
这些祖传的技巧，让世俗的美下沉
鱼，和水面上的人间
有着不解的恩仇，讨厌干旱，讨厌路
甚至让河剪掉了阻挡你去路的手臂

唉，一江春水一直在向东流
鱼，有时也会逆行，饱满的肚里
都有隔世的潜水高手
被鱼游过的河，湖泊，大海
都有一股浪劲，冒着快乐的水泡

翻滚着水花，让岸像一条厚实的舌头
贪得无厌，不顾生死舔着鱼的私语

在人间，天空紧贴在水面上
用黑白分明的爱，披盖在鱼的身上
人类是多么可笑，用一百种怪脸
赞美倒影，用自恋者的面孔
趁着流水盗用鱼的来路
算了吧，鱼从来不需要倒影
哪怕在汤碗里，或者在岸上
仍然锋利得没有倒影

2015 年 9 月 12 日　南疆柯坪

# 旗袍

当年被人爱过的格格
如今没有解药。她相信情是没有道理的
时间是没有袖口的，天生丽质更有不安分的身材
现在旗袍有了背景
有熟透的果子味。而她有了踏青的气息
走过的山水，一直在身上起伏

她说，蝶并非恋花。她还相信
情是贴身穿的，还要有丝结的纽扣
桥边的船，只为她的私订终身穿针引线
是的，对岸有一大片小阳春
像绣出来的，有来历，有手感
还有回头就可看见的贴身的旗袍

2017 年 2 月 14 日　湖州

# 老刀把子

狡猾之心，随这卵石从山顶滚到山下
浑圆结实，这是老刀把子的江湖
每当鸟失眠，山泉会模仿刀锋游走荒林
儿女情长的夜里，月亮有着生死不明的天赋
刀锋一直是冷的，看刀的眼神比刀更冷
刀把子被紧握焐热时
刀锋就会和对手有同样的体温

2015 年 7 月 5 日　湖州

# 虚座

把一把老椅子，搬到新社会都不敢坐的地方
请君坐下，请祠堂横梁上的典故陪你
再请来会逐渐记起的往事，让它们
恭敬地站在牌位的面前，此刻谁还会入座？
这不是个想坐就坐的社会
秩序，一直在模仿黄河或长江的姿势
在顺流而下，在淘沙，在不断纠正不安分的对岸
在这座城里，那些牌坊，名人故居
占据着风水极好的位置，它们论资排辈
个个坐南朝北，每一个瓦片都吃饱了前朝皎洁的月光

此刻也有例外，那个坐在自家院子里的人
看云一次次擦去他的耐心，天高得鸟开始虚心
翻翻家谱，时光在手指上一次次从头开始
他坐在别人坐过的座位上，看别人看过的风景

说别人说过的话，想别人想过的事
尽管在谁也看不见的地方，无论是朝南或朝北
他还是一次次纠正自己的坐姿

2015年4月18日　湖州

# 退步于身体中的自己

山，在你爬过之后，又高了些
来路只剩下一条尾巴
风花雪月的人啊，你终于退步于身体中的自己

山绵延着和美无关的世道，清风
也不会因你而清。从山下到山上
往返着不屑于时间的石头

远足，草高于膝盖，路长于想象
那么多年，无辜的你
说深就深，说浅就浅，好了的伤疤都在言语中

2017 年 2 月 18 日　湖州

# 繁体

青萍枯萎的时候，风也可以起于你的袖口
手，若隐若现在明和暗之间
书在灯下像一只张开翅膀的大雁
是的，该随着书回家了
我，一个写惯繁体字的人，在读简体版《诗经》
此刻风不会帮我翻书，也不会有
只在山顶下棋，只听牧童的笛声
只在竹林里交友的事了
这一切书里都有，但今天的灯只照亮今天的事

天高云淡，是多么奢侈的辽阔
这么一个好天气只有我一个人在独享
远处还有一条唐诗里的河，宋词里的山
太远了，这样的江山只在二十四史中看到
幸亏我脚边还有路，我只想回家

去看看繁体的庄稼，繁体的村庄，繁体的灶台
去找回养活繁体的粮仓
说心里话，这些都不是最要紧的
关键是，我要找回繁体的清高

2015 年 5 月 4 日　湖州

# 面壁

上辈子的事就在面前
高大、光滑，仍然无法洞穿

这一辈子的事也在面前
面壁者却都不想看穿墙壁背面的事

也许是面对墙壁太近
眼睛越来越花
闭上眼吧，像那个前世的面壁者一样
后背成了别人面壁的墙

那么下辈子的事呢？它也在面前
白墙，还有一只前世是人的壁虎

2015 年 5 月 5 日　湖州

# 顽石

这顽石，面子上的事都到了下游
剩下一副铁石心肠，继续磨水

这不开窍的顽石，它应该要露出水面了
水抚摸过它，给它洗过脑
还许诺过那么多的远方

天上的水，离地这么近
还有什么可以称为源头
也许就是顽石挡过水的地方

2017 年 4 月 14 日　湖州

# 早春二月

到了二月，像恋爱中的女人
爱上盲目的手，爱上被反复捏压烤熟的馕
这就是蝴蝶飞过你会犯晕的季节
在二月，其实还有许多盲目的事
爱上没有户口的雨，爱上没有国家的自恋
爱上一江春水辜负过的妹妹
还有，你摊开两手，让我看见
你的手指真像一条条支流，它们正向远方游去

2016 年 1 月 29 日　湖州

# 旁观

诵经声高挂月亮之上时
老虎下山，荤菜上桌
吃韭菜的素食主义者，是一只纸老虎
纸老虎没有胡须

有寺院的山上长满松树
风是松树的胡须
松果在木鱼声中落地生根
树根是风的胡须

寺院的钟响了
月亮下山 ，太阳爬坡
书写《金刚经》的人
不需要有韭菜的人间烟火

2013 年 8 月 2 日　湖州

# 慢客

蓝的凉，紫的热
你的话像胶带
贴住我本想辩解的嘴
天已暗，鸟飞尽
楼顶的星星在你鼻尖淌下
树上的叶已没什么风
路在等，夜不让我归
绿是痒，黄是痛
你的眼像镜子
照见我自己不知的背
情干瘪，爱散尽
你在河边听水声
远方船已没有归期
信在追你，云却不想再听

# 沦陷

我知道会有那么一天
河沦陷在海里
星星沦陷在眼里
鲜花沦陷在牛粪里
这不是传说
像那只小虫一样认命吧
爬在树上，爬在房顶
看看东边的日出西边的夕阳
不要什么铁石心肠
我知道会有那么一天
长路沦陷在雨里
野心沦陷在血里
想象沦陷在你身体里
这不需要阴谋

2017 年 8 月 7 日

# 农夫与艺人

和太阳一样，你太过于传统
安于现状的果实，意料之中
有较多的水分，也许这就是
俗和雅之分。颠覆性的根
在处处生发，晦涩而连贯
它赋予你较长困境。当艺人
来到你们中间，他不会区分五谷
只关心有创意的生或死
他的满足源于自己
你也是，让有血有肉的自己
长成一株只会结果的植物

饲养是一种变态的责任，没有
比家禽更可怜，养成乞讨，养成听召唤
甚至养成不能飞。把食物

有机结合成庆功的美食
艺人也喜欢美味，但他终于看清你的残忍
而你闻鸡鸣出工，看见天一点点变蓝

面对机灵的季节，笨办法中有精妙的核
偏见是一把剪子，在春夏之交
剪枝摘果时的心比果核更硬
毁掉已到手的美景就是这么残忍
农活中没有任意，只有遗忘
你也有形象的一面，解闷的山歌
源头是同样流动的女人
艺人一直在旁观，看那些渠道
有序地流过果园，也打湿了他的鞋

2016 年 9 月 30 日　南疆柯坪

# 无人区

进入无人区，你一反往常
比山无声，比蝉更无踪
路边的沙生针茅，有着
广义的野生暴力长相
无人区，这人间最可以喧哗的地方
这里没有共鸣的部分
再走下去，一定会喧宾夺主
看，那么多的石头，一脸无辜
就像你闷头想人的样子

2016 年 10 月 1 日　南疆柯坪

# 老味道

拐过几座山你看见从未见过的野果
它顽皮而且无忧无虑，像挂在孩子嘴唇上面的鼻涕
忍不住会被舔上几下，这熟悉的滋味
在拐过山之后才能尝到。在山里面
云病得不轻，软绵绵地靠在山顶的树上
至少是相思病的样子，没有弹性
尝过了老味道，你又回到了正在过的日子
回头看看这几座山，还不如脸上的青春痘显眼
现在的你，挤着脸上的山，过平原的日子

2016 年 9 月 12 日　拜城

# 九制陈皮

曾经的表情，就像树梢见惯了落日
熟视无睹中不会有异见分子
我，一个经过春夏的成年男子
在秋天变得越来越陌生
就像夏天早已被汗水冲洗干净了

秋天，赤裸着，冬天快到的焦虑赤裸着
树在脱皮，风也在脱皮
这绝对是一个不会有面子的季节
谁还有面子，谁还在挽留即将逝去的面子
至少我剩下了陈年的脸皮

此刻，我想到了九制陈皮
它曾经辉煌的面子，被剥落，被遗弃
面对陌生的手，陌生的黑暗的罐子

在被第九次腌制中终于忘记了金黄的本色
没有了面子，也许还会开胃通气

2013 年 12 月 26 日　湖州

# 码头上的柳树

被风景忽略的人，都有一棵没有阶级的柳树
过路的船 ，过路的牛羊 ，过路的反革命分子
都会被码头上的那棵柳树牵过
你是实用主义者，是一个只剩下对岸的人
河上的天有点皱了，也不会有小小的抒情的浪花

无聊的，伤心的，突然腿软的人
都靠着码头上的那棵柳树
对岸是没有原则的小镇 ，绿得过瘾的春
看洁白的云在河面上一次次靠岸
一次次弄皱自己的影子

没带剃须刀的人，胡须比那棵柳树浓密
表情比码头更游离，这样的季节
有这样一座码头，这样一个人，这样一棵柳树

现实是这样的，河到处乱游的时候，鱼就是木梳
鱼不会嫁人，只会跟随着岸私奔

2013 年 3 月 12 日　湖州

# 割草歌

雨在云上瞌睡，万里长空不见春的尾巴
远离门环的手，在外乡指点江山，在家乡都在割草
画惯了山水的手继续被革命
割草的人已忘记了花的私语，草继续被革命
春天的命，只能由草刀解决

炊烟在慢慢散开，树在慢慢散开
远离家乡的河在慢慢散开
而你留守着没有散开的日子，割草，喂羊，种地
风在途中看见草被割光了，大地丑陋无比
此刻，粗糙的手仍不敢接近细腻的青苔
是的，春是不能被摸的

2012 年 10 月 7 日　湖州

# 对一座山安静的兴趣

远远看去，这座山非常安静
但有人告诉我那里有未知的风景和凶险

想了解一座完整的山
我必须要认识这里的媚俗的花，牵强的藤
无条件的阴暗面，树叶错位中的天
它们各自偏安一隅，独立又完整的寂静
让我左右都不能安静

一只飞过的鸟，让完整的平静有了裂缝
有人在另一座山上，看见我所在的山
那里，有被自己的寂静吓了一跳的人

2018 年 2 月 15 日　湖州

# 光明是飞蛾最美的晚餐

飞蛾，不喜欢守着晶莹圆滑的露水
一只虫子都知道，保守是政治家的事
它用飞，来分开干净和不干净的空气
远处的火光，在夜里会产生现实的果实
它和孩子手中的红苹果有同样的口感
是的，漆黑的夜里，终于有了明白的前景

飞蛾在飞，空气随翅膀飞向火光
漆黑的夜里，燃烧着的翅膀让光明有了味道
这是一个有人期待有人不期待的场景
在黑暗里所有人都会说明白话
包括那个讥笑飞蛾扑火的人
唯一不同的是，他在火光中摇晃着阴暗的影子
而对一只飞蛾来说，光明是最美的晚餐

2014 年 5 月 26 日　湖州

# 掉牙歌

早晨醒来，发现自己掉了一颗牙
回想昨晚的梦中并没咬过什么
有点沮丧和感叹
回想，让早已不在乎的事
又重又沉，而且鲜活起来
比如，六岁那年
我用全身的力气把乳牙扔上屋顶
十九岁那年，这颗牙
碰到了世上最软的嘴唇
二十五岁，它嚼过了不该嚼的
三十九岁，这牙伴随着我的话
别扭，硌人，脱口而出
今天，有了那么多故事的牙
它脱离了我，就像我脱离了
生硬的、毫无顾虑的岁月

留下空洞的地方
有着不惑和天命

2018 年 2 月 11 日

# 一只还没习惯的蚂蚁

一只蚂蚁在一个习惯不怕虫子的人手上
它不知道什么叫痒
一只蚂蚁在一个习惯翻掌的人手中
它不知道正和反
一只蚂蚁在一个习惯鼓掌的人手里
它不知道究竟死在什么好事里

2014 年 5 月 2 日　湖州

# 桥

在所有不习惯弯腰的人面前
桥，弓着背，请君过桥
在桥上，你可以看见那些河
像一些老人的手指
阻挠或指点你的行程
多少年了，对岸始终是别人的故乡
桥让河有了规矩，让鱼安静
让我看见好看的村姑
有桥的河，像戴了戒指的女人一样
显露出成熟丰满的气息
在倒影里，桥是圆满的
桥在河之上，在倒影之上
在我不安分的脚步声里

它更像一张弓

把涨满春水的河，射得更远

2015 年 2 月 24 日　湖州

# 苹果的那些事

渴望芬芳的人终于来了，没有修饰
没有忘记手留余香的习惯
这是一个无花的季节，蝴蝶没有了争艳的对手
而一树的果子，述说着芬芳还在

在这个不认识春，不认识缠绵的秋天里
不懂万有引力的孩子奔跑在苹果树下
修女们在唱歌，上帝在阳光里
苹果在牛顿的引导下滚向需要营养的孩子们

2013 年 10 月 12 日　湖州

# 浪漫一刻

要坐了绿皮火车才能到达，也不能太快
要看得清沿路的模样，来路才不会走丢
要蓝天白云的空隙间，时刻有他的尾音
你还要什么？旁人的耐心是一只青蛙
有季节性，有强迫症反弹，还有无缘无故的鼓动性

浪漫已到了这种地步，环境恶劣
夹紧双腿，手躲在口袋里，唯恐触动天机
你在浪漫之中，走捷径，走回了童年
留下一堆人都在说，有一个人巧立名目
游自己的山水，挥霍自己的情感，杜撰自己的亲人
还不该弄反了大家固有的安居乐业的好习惯

2018 年 2 月 6 日　湖州

# 一致性

老虎出没的地方，草都有了沙文主义的倾向
你看，受到倾轧的，长不高的那株
刺痛了我的脚踝，高一点的那株，它割破了
我指向远方的手指，而我也踩死过许多蚂蚁

在这片林子里，所有的树根缠绕在一起
仿佛本是同根生的亲密，一出土
就有了不同的天，仿佛在接地气的土地上
只要有了红花绿叶，凶险才显得好看了些

2018 年 2 月 16 日　湖州

# 交换

鱼游向对岸，漏网的只是河水
我在船上点灯，照亮的全是没有翅膀的桨声
这条河，从春游到秋
留下了许多幸福的浪花
它们自信地拍打着堤岸
打湿了不会远走高飞的鞋子
应该是这样了
让星星掉在河里
让熟悉的外乡人过河
让我在渔网里失落
夜，就这样深了
鱼都在对岸，已湿的鞋
比河走得更快

2012 年 9 月 9 日　湖州

# 下游

河终于在这里认识了下游
认识了我洗净的疑问和已挽起的裤管
在河边，我满脑袋的上游
那里有两岸的青山和苞米
有白云下的诵经声，挑水的和尚
还有皇帝的诏书，徒步赶考的书生
而这一切我只能伸长脖子遥望上游

蹲在河边的羊，看草沿着倒影绿向远处
岸边，白发人敲击银盘
唱长调的人竟然是瘦子
天上的浮云一直向东
这种巧合，比流水还要自然
我在其中，手指，耳朵，走过的脚印

花开得到处都是，闻到这种香味，这条河
一眨眼就错过了再游下去的季节

2012 年 10 月 1 日　湖州

# 我要带着鸟去骑马

我不懂辽阔，是鸟天生的仇人
不会飞，所以只关心离地更近的事
我要带着鸟去骑马
去看看翅膀覆盖不了的地方
草在蔓延，风卷起布谷鸟掉下的影子
此刻，天空是多余的

鸟在天上飞翔，只剩下一个小小的黑点
犹如一直渺小的我或一粒草籽儿
我要带着鸟去骑马，一马平川
仍然追不上一路向北奔跑的小草
此刻，辽阔是多余的

2012 年 11 月 6 日　湖州

# 长江野史

不要再说源头了，巴颜喀拉山已没有尊严
雪已不多，金山已秃，日益见老
牦牛在怀旧中奔跑，那只藏羚羊
望断长江，恋爱无望
没有比顺流而下更直接了，先贤的那些弟子
在大浪的淘洗中，尽管还在闪光
但细小如一粒粒沙子
当年李白坐过的船，头也不回走了
两岸不见猿声，一群穷人
和一群富人，在讨论书中是否有黄金屋
长江，一江浑水，黄鹤远走他乡
有野心的人淹死了，无胆的人到不了对岸
如今的长江，像一个更年期的女人
烦躁、多疑，唠叨着五千年的荣耀

不要说下游了，长江的入海口

幸亏还有几个有洁癖的人

2017 年 3 月 18 日　湖州

# 失眠的鱼

失眠的鱼，离绿色的叶子有一段距离
离你不觉晓的春雨也有距离
倒影里有善变的天经过，有天鹅经过
更有落雁沉鱼。失眠的鱼
又一次打湿了自己的来路

岸边的台阶知道，水的孤独
都在村里的水缸里被舀来舀去
水游向自己的源头，水磨亮了一个又一个河埠
在喜欢倒影的日子里
失眠的鱼，一次又一次被人敲响

2011 年 6 月 3 日　湖州

# 墙

你蹲在墙角，和凤尾草在一起
阴暗、潮湿，甚至沉默
墙不太高但你不会爬墙
这已经足够了，这也是墙的道理
墙外，有没有方向的风声
有脚步声，更有由远而近的呼唤
由于墙，你被看不见的声音挤在墙角

你一直蹲在墙角，享受着
墙外各种各样的声音
墙不太高，最小的小草都趴在那里
迎着风昂首或者弯腰
整整四十年了，你蹲在墙角
终被自己的声音吓了一跳

看不见的声音算不算声音

看得见的阴暗还算不算一堵墙呢

2011 年 6 月 7 日　湖州

# 虚构

沿着旧路，我从六月回到三月
雨打湿了幼小的叶子，花还是蕾
在六月看到的场景还只是想象
三月，我的鞋沿上沾满天上的雨水
河里的倒影，桃花却把天挤在河的中央
我想，我只是想过河
我并不知道河的对岸，就是六月

沿着旧路，我从三月回到六月
一路的雨水打湿了两个季节
花开过了，掉了一地
来回走过的场景仍然是陌生的
从三月到六月，我的鞋没有干过
河边什么事都有，有些上岸了
另一些像我的倒影飘走了

我想，我只是过了一条河

我并不知道对岸，是六月或三月

2011 年 6 月 15 日　湖州

# 老气横秋

有人还在徘徊
有人非常乐意指点河对岸的路
风从春天一直吹到夏天
云还在，没见过的传说还在
我身处这样的背景里，始终
保持着一个旁观者应有的胸怀

季节一直在变化，那片叶子
不懂漂亮的姿势
它绿过了，但现在黄得醒目
风还在吹，像是在呼唤什么
我回头看到的是那个世故的人
一开口，秋天就来了

2011 年 9 月 25 日　湖州

# 补丁

你曾经有辽阔的胸怀，装下过
所有的风吹过的叶子
陌生的鸟记下了你的秘密
而熟悉你的树却忘记了你的承诺
这还是你的辽阔的胸怀吗
当然不是，它只是你曾穿过的外套

许多年来，种树的人在种树
打铁的人仍然敞开胸膛打铁
那个喜欢流水的女人，一直没有回来
你站在原地，没有窗子，没有流水
从春天到秋天，一直在找补丁
一块蓝色的 钉在胸口的辽阔的补丁

2010 年 8 月 13 日　湖州

# 雨蛙

守着宽大的叶子，却有小小的秘密
亚马孙河的雨终于有了烦恼
失眠，这哗哗作响的雨季
打湿克制了一季的独木舟
在陌生的河湾上，雨追着绿色的耳朵
追着没有邮戳的问候，而雨蛙
无论有多远都能看见这落款的日子
现在已不存在渴望了
采摘果子的手，像雨蛙一样粘在树枝上
在亚马孙河的两岸，雨蛙的歌唱
一浪高过一浪的节奏又宽又沉
是的，雨蛙是搬不动自己的赞歌的

2010 年 7 月 7 日　湖州

# 重庆火锅

爱过的人，都该去吃重庆火锅
在花椒和芝麻的陪伴下
尝尝辣椒塑造的品味
出汗，够味，在阴阳锅前
爱，都有一种狠劲儿

雾中的朝天门码头上
是看不见长江的去路的
比雾更暧昧的花椒
会轻手轻脚领着你来到这里
阴阳锅，这红与白的风景
使我们找到彼此的感受
想再爱一次，就去吃重庆火锅
在沸腾的阴阳锅中

看曾在草原上欢快奔跑的牛羊

渐渐成熟

2010 年 7 月 21 日　湖州

# 花事

在花的面前谁都可以身兼数职，强盗或土匪
摘花还惹草，做绝了还会葬花
虫子也一样，蜜蜂或苍蝇
在花蕊里打滚采蜜，让花一夜憔悴
你说，反正在花的面前没有什么好东西
有花的日子，春也会被人剥掉内衣
当然也有例外，那个眼花的人
从来不信眼睛所看到的风和情
也不信男女有别，他只记得
和鼻子有关的近和远。你说
反正在任何人面前，花也可以身兼数职

2016 年 1 月 19 日　湖州

# 苦难的人都有一张倒影中的脸

流水是无情的，两岸的青山更像土匪
这世道，越想周到，残缺的事越多
譬如这条河留给你的，把山分开
把话分开，把经久不衰的祖训
分开，只留下你没有色彩的倒影
就这样，流水总是喊不回来上游和下游
请相信倒影，不要和撑伞的人为伴
更不要忘了回故乡的路
面对不周到的风光，自恋吧
苦难的人，都有一张倒影中的脸
请你心怀慈悲，流水永远不会带走一脸的无辜

2016 年 1 月 21 日　湖州

# 初醒

做梦的人，身子浸在梦里
尾巴上沾满油盐酱醋，一条毛茸茸的尾巴
每天都来敲你的窗，无常而反复
梦中的对话还在，有名有姓的人都在
在梦中又活过一遍的人和话
这，就是你一直甩不掉的尾巴
梦做多了，就会知道
梦也是有辈分的，就让熟梦老去吧
醒来的第一件事，不要看朝代
只敬一朵初开的野花

2016 年 1 月 23 日　湖州

# 松果

你不必好奇，一颗松果的去向
不用追问松下童子遥指的对面山坡
是否有读松的人。在这里
风是耳边的风，泉是过眼的泉
松果终会亲近泥土，成为泥土
如果你足够圆滑，顺着风来到
想待的地方，长成一棵树，结更多的果
后来的人，拣到的，踢到的
还是一颗松果

2016 年 6 月 6 日　南疆柯坪

# 辑二

# 江南家书

# 一个自由主义者的家乡

在家乡你不是主角，非主角的乡情
粘在皱巴巴的胸前，像菜油一样泛着油光光的色彩
老槐树已老了，挂过的钟锈得忘了年代
爬过树的人都有返祖倾向
庄稼不紧不慢地结果，鸟飞得忘了什么叫愁肠
你远走他乡，磨破脚踝和情感
用车票装订众口难调的祖国
从冷到暖的路途，踢到的全是没头没脑的石子
火车又一次去了远方，远方比你的手指短一些
在家乡你自由惯了，不懂规矩和风水
你不知道家乡是一把需要磨亮的镰刀
是五谷杂粮，让远方更远。面对这一切
门前的一畦香葱绿得你不能自主

2011 年 3 月 31 日　湖州

# 土地庙

每天路过的时候，都会插一炷香
手势和插秧是一样的
每天回家，都会对他作揖
背弓得像压了一担谷的扁担

在土地庙里，香烟不会被风吹散
像田间的路永远不会走散
从身体里出来的默念的词，干净、饱满
像你流出的泪或汗，一直没有杂质

2017 年 12 月 8 日　湖州

# 家乡的女人

喜欢水的女人，总是无辜
走在沼泽喜欢的地方
远处没有要等的男人
没有山，只有低头吃草的光景

有水的地方可以捏一些泥巴
重塑心目中的人，可以
让宁静的村庄不再宁静
让后院的枫杨树哗哗作响

灶沿上擦得干干净净
火在灶膛，更在心里
把等待烧得沸热，又有好看的热气
喜欢水的女人，总是干净
连寂寞也这样干干净净

2010 年 6 月 20 日　湖州

# 风箱

灶头有好客的主人，灶内有暖风
拉拉风箱，拉拉家常，有声的日子里
外乡人都会有一碗热汤

无论是西北风还是东南风
到了风箱里，都支支吾吾
它们不闻窗外事，不随风倒，不讲官场话

2017 年 12 月 5 日　湖州

# 狗尾巴草

进村的路上，就数它们多事
有事无事，狗尾巴草都会弄出点动静
你实在无聊，就盯着它看
它像毛茸茸的发辫，又像阿黄的尾巴

没朋友来，就看看狗尾巴草吧
看看它欢快地摇晃尾巴迎客的样子
心情会好，天也会蓝

2015 年 12 月 5 日　南疆柯坪

# 水缸

春水满了，你挑着水桶晃出一条水淋淋的路
路边的秧苗、小白菜、蚕豆
它们的春，都有一双白皙的手扶着

想入非非的季节，田螺姑娘一转身
这口老水缸里，善良、勤劳、贤惠被反复舀进舀出
从此，老光棍的日子就稍稍好过了些

2017 年 12 月 5 日　湖州

# 老阿婆

披过霜的人，会像不再新鲜的菜一样
被泪反复腌过，被旧灶反复蒸过
像那碗老咸菜，日子实在没味时
才会让人想起，它是八仙桌上不可缺的一角

现在阿婆已忘了青葱的日子，忘了花轿
忘了三十年河西，忘了拔了萝卜留下的那个缺口
该用什么来填，面对一只咸菜碗
她喃喃自语，咸的是菜
淡的是一双连儿孙都夹不住的筷

2017年12月10日　湖州

# 春分

被雨水挤压过的三月，都有一个平台
譬如春分。上面全是说一不二的绿

其实三月还有许多说一不二的事
这是必须有的场景，譬如
冷已成往事，语言忽然流畅，大地处处烦琐
多么可怕，自然界让人有了放射性的必须

而我喜欢看到的是
你在春分，轻易地拿起一把锄头
有了想种小白菜的念头

2017 年 3 月 25 日　湖州

# 老裁缝

衣冠楚楚的人啊，你有无穷的秘密
秘密来自心里、胸前、腰间，丑于见人的地方
你想有一件齐整体面的外套

靠手艺吃饭的裁缝，都有不可违的教训
要看顾客的外表，要量顾客最贴肉的部分
要琢磨领袖的伸缩尺度，要算成本
唯一要忽略的是顾客的眼睛，别和他对视
别找不必要的麻烦，千万别提议做个眼罩
这是你永远装扮不了所有顾客的手艺

2017 年 12 月 10 日　湖州

# 菖蒲

端午，水流到伤痛时，菖蒲有了活下去的理由
有了靠着每家每户的门，说说过去事的勇气
此时，春水不再泛情，鸟不再恋家，田中的稻不再安静

路边的菖蒲，像经过端午的你
和云一样无所谓明白，无所谓高低，无所谓虚度光阴

2017 年 12 月 17 日　湖州

# 白鹭

一只白鹭在湖边看见了自己玉立的身影
叼洗着洁白的羽毛，那么专注
仿佛这一刻是真正的目中无人

湖边还有我，一个对美过敏的人
专注着另一个专注

现在很静，我一直在等白鹭飞起来的样子
不会飞的人，用一生在看飞
仿佛这专注已目空一切

2017 年 4 月 4 日　湖州

# 萤火虫

你说，人老了会越过越奇怪
看见光芒万丈的太阳后，一点也不激动了
真怀念儿时见到的萤火虫

这世界，仿佛童年都是被萤火虫照亮的
好像幼小的时候，都会飞
比如，一个五岁孩子的小眼睛里
一切事情，都闪亮地飞着

2017 年 12 月 6 日　湖州

# 入俗

从苕溪路出去，秋山有望
被风绑架的人一直没有安静
这里的群山、流云、野果子
有着江湖气息的道别声
绿水长流，后会有期
而你是个书生，天生矫情
走有页码的山路，看清爽光滑的水泉
想有翅膀的人间美景。心烦了
敲敲野果，金石为开

秋天的客人，都有可能犯错
每一步都能踩到一片任性的黄叶
不知深浅的山路
总会忽视上山容易，下山难
摸过秋的手，有手茧的地方

一定有被你磨出的入俗的地盘
秋山有望，要从手开始
挡斜风，捡数不尽的野炊烟
还可以指路为野

2015年1月23日　南疆柯坪

# 没有比家乡时光更缓慢的了

风吹过树之后，又吹了你
你看见草动了一下，天凉了一会儿
风走了，你和草一样安安静静
有名有姓的村子，都在隔河相望
你蹲在那里，弓着的背上有时光缓慢流过
等一个红薯长大
慢慢浇水，慢慢结果，再慢慢老去
在如此缓慢的时光里，也有快的事情
二婶的黑发变白的时候，小妹出嫁
昔日追着你讨喜糖的小屁孩当上了县长
风又吹了你一下，草动了一下
你没动，你蹲在那里
远远看去，二叔安详的坟包
像一粒饱满的种子，慢慢地等着清明

2017 年 4 月 21 日　湖州

# 我有枣树

我有一树枣子，被鸟亲过，被风爱过
如今又被我看熟了，红红的样子，犹如害羞的你
太阳下山了，枣子还不依不饶地挂在树上

那年，星星还在水缸里，你还不会脸红
挡住去县城的山，像一堆牛粪
我曾在那里种下的枣树，用羞涩的红
擦拭过你已比树高的往事

2015 年 12 月 5 日　南疆柯坪

# 谷仓

你背着手，走过祠堂、稻田、坟地
在谷仓，看见谷已忘记了它的童年
一粒比一粒成熟，陈年相拥在仓

田里，都有一块磨石般的手掌
磨镰刀，磨对天地的一颗孝心
你说，吃惯了自己耕作的米饭
土地菩萨前的石板上，你的脚才会磨得像有善根
你说，食为天。米汤中的倒影
才有冒着热气的日月

2017 年 12 月 7 日　湖州

# 吹鼓手

无论有荤有素，只要管饱
吹鼓手会远道而来，吹到你心里去
把你吹进洞房、粮仓、百岁老人的堂屋
有时也会把你吹到天上去

每年都会有那么几次，你会听出些名堂
再听，你会解开生死的节奏
欢快的事，总会在耳朵上跳跳蹦蹦
去天堂的路，不太容易，声音也会慢一些

2017 年 12 月 7 日　湖州

# 抄写经书的人

在一个角落，有一间背靠着山的小屋
门前的河不会游远
已经有许多年了，有人来过，也有人再也没有回来
只有那株槐树，守着小屋，越站越稳，一年只香一次

你翻开经书，犹如把门又推开一次
每抄写一个字，像把自己又写淡了一点
抄写经书的人不需要木梳，也不会走远
滚动的露水中，有着清和浊的来龙去脉
后院的菜地又绿了一次，任何一只鸟
都能叫醒这清白的日子，你醒在这个时辰
看见那碗米汤中有你干净的面孔

2017年2月7日　湖州

# 祠堂

院里的老银杏沉默，墙边的青石不言
太阳落下去，月亮升上来都不会提前和你打招呼
祖宗在上，天忽明忽暗，月有缺有圆
供桌上的糕点凉了，仍然没有动情

老祠堂里，膝盖是弯的，像一张弓
射出去的是承诺，收回来的是孝子
名声被搓成一条绳子，你是一只被驯服的山羊
拴在村东高高大大的祠堂前

2017 年 12 月 8 日　湖州

# 王小二的日子

寂寞并不是无声的，在鸡的叫唤中
一个人割稻，一个人哼田歌，一个人骂鬼天气
一双筷，一只碗，一个酒瓶，一天胜过一年

去田间的路越走越细，河水流得越来越慢
幸亏还有油盐酱醋，你的日子在舌尖上有声有色
河对岸娶亲的唢呐声，高过辣椒，高过后半夜的干咳
有味的日子，过成这个样子
唯一油盐不进的，是你的倔脾气

2017 年 12 月 6 日　湖州

# 老墙

这老墙上，曾有人写过打土豪、分田地
写过人民公社，“文化大革命”，计划生育
写过四个现代化，包产到户，奔小康
写过字的人走了，像擦去的字一样
依稀有人记得，也许有人浑然不觉
今天，我看见有人在老墙上
在快褪色的痕迹上，描写着忠孝节义

2017 年 12 月 11 日　湖州

# 红窗纸

立命于节日，还俗在乡间
从村东到村西，红纸中都有一个祖宗
守着红纸中的生辰八字，守着红兜肚里的贞节
女儿红正醇，女人才真正红了

因为红，命与运如此醒目
这一年四季停不下来的红
在灶膛前很暖，也在一根针上疼痛
当红游不下去时，娘会把红绳系在待嫁女的长辫上

2017年12月9日　湖州

# 清明的路上

雨水中的青苔和小翠，一起走过清明
走过米糕店，是邮电所，想给爸寄一封信了
绕过铁匠铺，是当当的声音
犹如她在敲老家的门环

许多年前，爸牵着小翠的手
也走在这样的路上
杂货铺，铁匠铺，理发店，邮电所
那时棺材铺里的小白花，如今开在小翠的发间
在清明，小翠绕过杂货铺，是理发店
她想，清明到了，是该给爸剪剪草了

2017 年 12 月 9 日　湖州

# 我只想过河认亲

我不会忘记挂在夜空中闪亮的河
了然，银河的初衷让我遥不可及
自私的人，都拥挤在岸边
隔河观花，隔河忽视长满叶子的合欢树
许多年，我从未见过善良的牛郎和织女
哦，假装的偶然竟然如此罪过
现在让我再次回到河边吧
我只想过河认亲。如果水面太宽水流太急
那就找一片曾被我打破的瓦片
打着水漂也要飞渡过河

2016 年 1 月 31 日　湖州

# 秋

背靠大树仍躲不过风声
你的小心 ，当然装不下一年四季
在有山有水的家乡
看蛙唱歌，看鸟飞尽，看昔日的长辫少女生儿育女
而你的内衣越穿越厚
地薄了，天高了，南瓜硬了，你只有秋天

有人在返乡，有人在水缸里舀着满月
虫鸣是一把尺子，量着越来越凉的心事
你的小心 ，当然和月色一样苍白
鸟在筑巢 ，雁在南归 ，田歌广积在村头的晒场
一片树叶砸痛了你，才想起
所有的风都是从没牙的嘴里漏出来的

2013 年 3 月 1 日　湖州

# 白露

天气转凉，汗珠纷纷落地
在草尖上滚动着白露
现在，你应该放下肩上的担子
面对着冷静下来的
田野、小河、木桥和失恋的回乡青年
说说春一转身河就去了远方
说说娘的眼里好看的喜鹊飞得那么远
白露，白露
为什么你眼角的热泪一下子变凉
你说，什么话都要说出来
白露会滚动在清爽的白菜上

2017 年 4 月 25 日　湖州

# 有红薯的山坡

一见如故的红薯，它从不幽默
不会欺骗日子。直至我见到了那个女孩
闪电一样的手指，有意无意
在我放过羊的山坡上，指点花朵
这城里来的声音，把鸟惊得
像表嫂脸上的雀斑
这真是个饱汉不知饿汉饥的时代
而此刻，谁还会记得
在长满红薯的山坡上，一个少年
每一次开口，都能找到红薯的来路

2016 年 4 月 21 日　南疆柯坪

# 六月的布谷鸟

你走过一个村子，两个村子
许多个村子，那些水稻、蚕豆长势极好
布谷鸟跟着你，一直叫唤着
布谷，布谷，这密集的声音
还真让你有点惊慌失措
你想，现在唯一可播种的地方
只有自己的立足之地。有时就这样
像播种这样的好事，也会让人
头痛、厌恶，甚至让你无处可逃

2016 年 4 月 24 日　南疆柯坪

# 一块空地

一块空地和谁做伴，播种或挑水
篱笆上那个南瓜，每天和太阳一起升起
你守着停下来的那片稻田
翻翻陈年老账，挖挖水渠
招招手，把布谷鸟带到可以唱歌的树上
陪你水到渠成，出口成章

你耕读在自己的一块空地
竖排的典故，深读后的眉批
在田间，来不及说的话已成行
在心里，来不及盘算的情已作茧
看看窗外吧，线装书都在路上
朋友都在路上，门环终于锈了
命犯太岁的人都有一张巧嘴

说吧，小阳春就是一个暖暖的煎饼

说吧，一株水稻比人更有一颗善心

2015年12月9日　南疆柯坪

## 蚕桑

秦一路向东，汉一路向西
蚕桑的春秋，在一根丝线上有足够长的耐心
在吴越，春已肥了，河
在一片桑叶的经脉上游向远方
从古至今，忘归亭内歇息的读书人
望陌上的桑林，听蚕歌
缠绵在人世间的五言或七律
结一个蚕茧吧，将自己禁锢
无趣时，将茧咬破，随意飞飞
罢了，情无非比丝更易断
国也没一根丝线长
如今，桑种在屋前屋后
葱绿在雾中，像刚刚醒来的少年

2015 年 7 月 3 日　湖州

# 辑三

# 外界

# 赛珍珠

你也可以试试
赛珍珠一般的中国生活
墙上的年画　桌上的算盘
马车在黄泥路上
写下小白菜抹绿的诗句

远处是教堂　更远处
是一个土财主的老家
是米酒打湿的乡村生活
鸦片灯明照亮梅雨时节
木格窗外却没有芭蕉
只有谷子进仓的声音

你也可以看看
赛珍珠的丝绸外套

飘飞的蝴蝶　兰草
而十字架始终挂在胸口
晃动着开门或者关门的声音

唱诗班已累了　更远处
长年累月的庄稼也累了
赛珍珠的书房　红木靠椅
那本蓝皮日记本上
歪歪斜斜的字迹
写满了一片苦难又疲倦的土地

2003 年 5 月 14 日　湖州

# 大江健三郎

那朵云还在 那个年代还在
初恋只剩下一树的叶子
大江健三郎的春天
只能在笔下 只能是残缺的季节
残缺也是一种控诉

天还是那么阴暗
那个踢足球的孩子 被一个时代
当成一只射飞的足球
足下真是无情

大江健三郎开始暧昧地飞翔
你看见天并不是很宽
看见森林蔓延到海边
只能暧昧 暧昧也是一种力量

风轻轻地吹过你的屋檐
惊动了你的书页
你每翻过一页 太阳升高一点
直至你整个头颅发出光来

2007 年 3 月 16 日　湖州

# 印度的雨季

竟然有马穿行在这样的雨季
有鸟的天气纯粹是
为了大地和宫殿的友谊

我们同样看见佛
光辉和爱的影子
同样被象征主义覆盖的印度
梦呓在雨水中阔叶茂盛
成为神的最普通的技巧

在雨中看河流向远方
在雨中互爱以及寻仇
这和政治无关　只有宗教的声音
像闪电一样照亮所有的村庄

歌声以及摇铃
是唯一的真谛
它们像雨一样打湿
所有的思想和厌恶
印度的雨季
是佛幸福的泪珠

1993 年 2 月 5 日　湖州

# 马塞尔·杜尚

马塞尔·杜尚
当明亮的光在奴役黑暗的时候
你却成了唯一的阴影
没有掌声 也没有具体的疼痛

马塞尔·杜尚
你一次次放弃整洁的传统
伸出路一样的手臂
没有比这样的季节更残忍了
没有比这样无声的场景更响亮

马塞尔·杜尚
春天只剩下一只罐子
那么自信 那么比花更绚烂地开放
而秋天只是你手中的一粒棋子

像挤干了水分的果子
弯挂在始终沉默的路上

当怀疑渐渐透明的时候
你在达达主义运动的浪尖上
让微笑长出了胡须

2004 年 5 月 1 日　湖州

# 阿尔蒂尔·兰波

那匹发情的河马 在十五里之外
让巴黎在象征主义的反光中节外生枝

在兰波的未知里

所有的词语像风筝一样更高更远
没有人能够疲倦 只有激情
也许这是抒情的威胁
也许这是温柔的反叛

兰波 你更像一名纤夫
背着自己的良心走进未知的风里
没有孤独 没有战栗
你身边的那朵小花
开得像石头一样顽固

没有人会介意你的惊讶
只有你的诗装满了我们的口袋

2004年7月3日　湖州

# 叶赛宁

奥卡河边的雪
比莫斯科的屋顶更加明亮
白桦林长出了叶赛宁的叶子
一九一六年的俄罗斯
还很年轻，还不会革命
更没有巡洋舰的炮声
俄罗斯只喜欢坐在《三套车》上
追赶叶赛宁的诗句

叶赛宁，我看见一个新鲜的草莓
错放在一只黄金的盘里
奥卡河边，三叶草一样青绿的激情
为什么不用点灯
就让我看见忧郁的蓝
在俄罗斯，有人把你当成一支笛子

随时拿在嘴边吹响

更有人把你当成栏杆

依靠你广泛煽情

一九二五年的俄罗斯

雪埋葬了浪漫，奥卡河边

多了一株只会写诗的白桦树

1995年4月3日　湖州

# 乌兰巴托的安慰

风沙像飞蛾一样幸福地飞过
乌兰巴托并没有丢失欢乐

那么久的马蹄声
像草一样年年翻新
天是那么高远　那么明亮
像那只鹰始终晾开它的想象
在乌兰巴托　女人的耳上
挂满了虔诚的民谣
男人的沉默　熬干了祖训
他们是那条结实又有韧性的马鞭
鹰一直在飞　像成吉思汗的影子
那么执着那么毫无牵挂地飞着

乌兰巴托的歌

像马一样奔过所有的草原

那些草亢奋延伸它们的历史

那么绿 那么盲目

在乌兰巴托 成吉思汗就是一条马鞭

他把女人鞭打成一群羊

让男人成为一匹能见天空的马

1996年12月13日 湖州

# 希腊

在荷马的膝盖上　希腊的血渗入淤泥
谁能想到海伦以及战争
这不是真的　羞涩的画眉
在一个国家的天空中歌唱

嘴唇之上　幻想聚集了诚实的消息
雅典早已无所作为
那里的诗和哲学　那里的穿长裙的女人
那里战后遗留下来的船只
满载着悦耳动听的名字

希腊　在手掌中感觉困境的人民
用歌声忘记了自己
雏菊 紫罗兰 以及一滴小小的泪花
支配着命运的祈祷

但他们依然矫健 依然像悬铃木的叶子一样
忧郁一个国家的思想

如今的希腊
像羊群一样远离了繁华的哲学
只有荷马的声音像风一样
静静地吹过希腊的海和无花果的树叶

1990年3月19日　武汉大学桂园六舍

# 米开朗琪罗

你一直厮守着冰凉的石头
像石头一样　结实地摆放在风中

米开朗琪罗 左手握着锤子
右手却把握着
让流动的想象雕刻
坦露着瞬间的情感

无论是往事还是未来
它们始终沉默 但没有衰老
沉稳在我们的面前
没有比喻　更没有多余的情节

米开朗琪罗 你让石头开花
让一个有血有肉的人

开始崇拜冰凉的雕像
甚至内疚自己不及一块石头

你一直像一块顽固的石头
更像一级台阶
让我们登高看见更多的背景

1999年8月7日　湖州

# 京都

在京都，明治终于解开了
幕府军服上的纽扣
京都的太阳
在雾里启程
从樱花凋落的地方升起
京都，方方正正的御苑
像一块四平八稳的玉玺

清水寺的钟声响了
艺伎们的歌舞 有点急促
惊飞了梦中的乌鸦
它们是草书中未干的墨迹
浸满了寺院的屋脊
每一声啼叫 惊醒了
一个汉字中的大和民族

1991 年 11 月 29 日　武汉大学桂园六舍

# 玛格丽特·杜拉斯

东南亚的雨季像钟摆动不停
天下大雨　淋湿了
羊皮日记本上的错字
杜拉斯 从百叶窗里探出
棉花糖一样甜腻腻的梦想

那么细腻的
中国北方男人的一个秘密
广岛也是一个秘密
杜拉斯 极端的爱
也能照亮潮湿的孤独

感冒中缓慢的旅行
有消瘦的岛 也有虚弱的岸
杜拉斯 巴黎的邮轮

像一只伤感的鸭子

远行 只为了春江水暖

1988 年 3 月 11 日　湖州

# 在麦加的实际意义

崇拜和接受有相同的魅力
或者被消灭 或者堕入愚蠢的希望
这些都因为虔诚的缘故

一座小小的尖塔 一桌小小的圣餐
以及一场教诲
都来源于无罪的罪人
我们都和上帝对话 另一些人都离开了自己
奉献是唯一聪明的选择

在我的背后 乐园充满了爱的力量
道德像歌曲一样覆盖了
我们的颜色以及痛苦甚至死亡
良心也终于成为争论
教育了别人也成为自己的幸福

在麦加 忏悔像烟一样弥漫
名誉像一些石头那样坚硬
钟声代表一切敬畏的立场

很久以前 美丽的公主
静静地走过一个国家
留下的却是权力 政治 邪恶的纷争

1992年4月15日 武汉大学桂园六舍

# 伊壁鸠鲁的花园

孩子 去你的虔诚的魔术花园
你可以看见巫术
在母亲的祈祷中解释世界

孩子 走进你粗茶淡饭和葡萄酒的日子
你可以品味到哲学
也可在父亲的《圣经》中得到承诺

伊壁鸠鲁的早餐
是世界不能来自混沌
伊壁鸠鲁的中餐
是世界不能消散于混沌
伊壁鸠鲁的晚餐
是实物永远在你的面前

伊壁鸠鲁的梦境

是在花园里散步的神

雅典只是他衣袖中的一粒尘埃

1995 年 12 月 3 日　湖州

# 卢梭在热带雨林

这是一个天真的世界
风景和人以及平凡中显得权威的花豹
陷入一首乡村音乐

我们可以看见
树叶同样像肥大的乳房
给予世界的生命和暴力
看见梦中的人类在热带雨林中
不及一棵小草的颜色

春天和雨水已无所作为了
在笔和平静的世界之间
长大成人是唯一的愿望
最后 他的面孔沉没在阔叶树中
陷入了出没猛兽的雨林

这是一个真实的贵族
他和乡村深处的泥土
有同样的颜色 一脸自信
热带情感沾满了他的鞋跟

1996 年 7 月 25 日　湖州

# 塞浦路斯没有江湖

那个满脸胡须有着江湖色彩的男人
正在接近海滩上的细沙
地中海的风吹散了很多往事
是的 现在只有阳光 沙滩
有着穿泳装的女人毫不保留的秘密
塞浦路斯 热恋中的女人都在椰枣树下
用橄榄油擦亮一个默念的名字
这是希腊和土耳其眼中的塞浦路斯

被地中海擦蓝的眼睛告诉你
其实 塞浦路斯没有江湖
没有文艺复兴 没有古希腊高耸的鼻子
没有用文化覆盖恋情的事件
现在你会转过身来 告诉江湖上的人物
先用黄铜的剃刀刮光你的胡须

用香槟的声音 分行分段

像诗一样躺在塞浦路斯的海滩上

尝尝被橄榄油擦亮的味道

2011年5月14日 湖州

# 伦敦的雾

伦敦的雾有着乳白色的背景
比爱尔兰的绵羊更白
吉米说 不会因为雾什么都会美丽
泰晤士河对岸的历史　不用翻
就知道有种族主义的黄铜开关
美丽会不会有着耻辱
回答是肯定的 会比教堂钟声传得更远

我走在伦敦的街头 吉米一直在我左右
她在雾中的肤色黑亮黑亮
我鸟瞰过中国的昆仑山　哈萨克的草原
瑞士的雪山和英吉利海峡
我有着足够的时间回答吉米
但我没说 没有把竖起的领子放下
我只听见我的脚踩在有二百年历史的石路上

伦敦的钟走得不紧不慢

伦敦的地铁站比街面更明亮

我喜欢雾 绵羊 苏格兰风笛

我喜欢黑亮黑亮的吉米

但吉米要走了　去机场的路很挤

在伦敦我没有历史 吉米说

2010 年 12 月 5 日　湖州

# 托洛茨基回故乡

他看见了冬天中无法表达的想象
桦树叶子 圣彼得堡马车中的爱情
这些沙皇时代的街道
现在袒露在他的手掌

托洛茨基的故乡 伏尔加河
以及高加索山上清澈的鸟鸣
仍然是冬天 仍然
是歌剧和哲学同时流行的季节
托洛茨基回故乡
接近了一条鱼的智慧 遥远的
蝉声描绘着和乡村极不相称的
秃顶的男子

他呼吸了太多的往事

打开一本书 又合上一本书

早晨的雾水打湿一夜灿烂的梦境

圣彼得堡的三月 雪仍然覆盖着春天

托洛茨基回故乡

他有婚外恋的倾向

远离了妻子和他的理想

1990年11月3日　武汉大学桂园六舍

# 许多时间，米沃什和我的秋天

一九八九年的秋天 许多时间
诗与菊成为我横越体内的车
它们叫人想起冬天的雨
许多时间 从屋脊上滑下的阳光
在秋天成为一种事件

在鸟的中间 米沃什的波兰方言
让我亏损在秋天的庄园
在中国 在雨中 波兰却在下雪
我在游戏中走过许多风景
并且在一场疾病里消失了色彩

在秋天 我瘦弱的想念中
看见滑翔的宝石打碎了黎明
看见遥远的第三人称

走过高高的麦堆 这些纯粹的乡土气息
许多时间仍然使我以说唱为主

许多时间 米沃什和我的秋天
同样有不留下地址的习惯

1989年9月9日　湖州

# 三岛由纪夫

走在樱花满地的路上
一脸虚脱 但依然有明朗的困惑
三岛由纪夫
终于背叛了樱花的初衷

一切从性的高潮开始
像孩童的积木一样
构筑了一个想象的院子
三岛由纪夫
翻耕了暴力的种子

其实他一直在暗恋
早已失明的希望
一直在等待 已经流血的游戏
这样的积木已搭建在心里

现在他已坐在樱花树下

没有花瓣没有树

只有照亮过希腊神话的太阳

把三岛由纪夫的脸

映照出一半明亮一半灰暗

1990 年 10 月 2 日　武汉大学桂园六舍

# 驯鹿

西伯利亚没有回头的草
山也在一直向前
驯鹿走在青草指引的路上
鸟却飞乱了你的影子
驯鹿有没有故乡
这样的疑问也肯定不会回头
你不会看见远处喘气的火车
不会拥有不断变换区号的电话号码
月亮升起的日子
风吹来的全是闪光的呼叫
驯鹿，想家的日子
沿途都是缺角的山和磨损的河
此刻，不会有白桦树挡住自己的影子
驯鹿的日子里，在西伯利亚

有些树掉了叶子，有些眼睛掉了眼泪

这种感动，沿着老家的小路一直走到今天

2012 年 3 月 3 日　湖州

# 去德黑兰

风一直在鹰的背上 如今仍吹动着头巾下发亮的眼睛
一路上没有人会怀疑梦在生根
没有人会记得显赫或卑微
在这样的路上 草原的那头 羊皮的
被无数人摸过的德黑兰　现在就在我手掌上

那个见惯了河水的人 见惯了反光
如今在风中　走在波斯菊开过的地方
爱只是一粒沙子 柔情只是一粒沙子
吴方言只是一粒沙子
它们在风中打磨着曾经的家乡

时辰已到 我被一根丝牵着　白云朵朵
手中的腰刀 削着粗糙的来路
被骆驼跑过的 被鹰飞过的 被鲁达基唱过的德黑兰

用一块地毯　让我盘腿静坐

开封挂在耳边多年的风声

2010年4月18日　湖州

# 蒙古人

我沿着草把马蹄踏实的帝国又走了一遍
累了，就听北风在向南说话
举目的蓝天，和马一起奔跑
我听鞭子说话，听马蹄说话，听鹰说话
马头琴声里的大汗
让我蓄须、喝酒，忘记世界地图
到有草的地方都去走走
鞭子一样的大汗，让我追马一样的女人
忧郁的时候，月亮会落在马奶酒的杯里
它是那么青蓝，真像我童年屁股上的胎记

2014 年 8 月 16 日　湖州

# 土耳其浴室

每一次日出，总能照亮一张疲倦的脸
路途迢迢的帝国，可以让陌生人
一直在寻找春天。此刻的你一定会记住
乌鸦、沙枣，还有羊暗恋过的山坡
是的，在长途中，体内的春会毁于一次失足

安格尔指了指浴室，你才发现
花在浴池里认识了另一个春天

2015 年 8 月 28 日　南疆柯坪

# 亚松森

亚松森
像热带雨林中的猛兽
虚无以及流闪着粗野的颜色
空气中的每一滴水
都能倾泻黑暗中的叹息
亚松森离热带的爱不远
每一轮明月
都能爬上抑制的青春

亚松森有太多的雨水
太多的翻飞在梦幻中的蝴蝶

恋旧是亚松森唯一的抒情歌曲
水手在遥远的船上
太阳正深入红土高原

而亚松森的每一片叶子
足够为你遮风挡雨

亚松森有一个黑人姑娘在绣花
亚松森有两只飞鸟勇敢地对唱
亚松森就这样躺在巴拉圭的河岸上

1989 年 7 月 18 日　湖州

# 熟视：托尔斯泰

我看见泄漏的悲剧　白桦下的男人
以及明信片上恒春的山坡
它们将被许多人相信

在有色的伤口中沉默
打开已久的词典里　有脆弱　有陶醉
更有演习疼痛的花朵
你在这样的习惯里横卧并且失声
这些可疑的情节
至今仍像流弹划过的现实

一些陌生的河流淌过国家
另一些色彩鲜艳的马点亮了道路
在缺少动词的季节里 这些情节
镀满了你的背景

你究竟扮演了怎样的角色
在花篮和秋天的深处
你更看见富裕的来自内心的精神
它们因风骚动 因为磨难
清晰地表达着伤感的气息

在一些空瓶的面前
走廊上老朽的足音
惊醒失控的睡眠
同时慌乱地重复熟视无睹的事迹
其实这一切早有人熟视 更多人无睹

1987年6月23日　湖州

# 塔希提的雨季

高更寂寞的时候
雨季就来了
那把黄铜手柄的剃须刀
刮光了疲倦的胡须
却剃不掉塔希提的雨丝

杧果花 到处都是杧果花
像那年的一场流行感冒
塔希提的雨季
长发女人都在梳头
卷发女人在清点雨点

在遥远的汽笛声里
塔希提的风 吹散了
巴黎浓密的香味

塔希提　头戴花环的女人

挽着高更

走进了金黄色的画框

1986年2月21日　湖州

# 雨中的米沃什

雨还是下了，想回家看米沃什是不可能的
雨水打湿泥土的味道
让我想起老家稻田里的初恋
我没有伞，多年前也没有
只能在别人的屋檐下，小心翼翼看雨
看自己被雨淋湿仍想着米沃什

米沃什，波兰的雪比雨多
我知道你也在别人的屋檐下想着波兰
想着雪比雨要温暖些
雨还在下，屋檐上淋下的水没有诗意
有点严肃，像日报头版上的标题
米沃什还在我家里，雨还在下

2010 年 1 月 15 日　湖州

# 密西西比河

密西西比河 是惠特曼的一根雪茄
让我嗅到的是动感中的气味
一条河就这样把我的岁月拉长
甚至让我学会游泳
已经春天了 但我不想惊动
两岸的树叶 还是让惠特曼来吧
用他的诗句过渡我们早已遗忘的孤寂

也许还有风 摇摆的蝴蝶
它们把美景飞成一种动作
我无意要赞美 更无意牵挂遥远的倒影
而你的诗 是一根精致的鞭子
让我见血甚至疼痛

许多年了 很牛仔的惠特曼

你看到了吗 诗种成了参天大树
那么高那么密 遮盖了
密西西比河倒影中辽阔的天空

密西西比河 昼夜流浪
告别快乐和悲伤
带着清晰和浑浊打湿了更远的鞋子

1990 年 10 月 22 日　武汉大学桂园六舍

# 阿瑟·米勒

那个早晨 露水打翻了鸟鸣
窗帘掀动了阿瑟·米勒的剧本
在过去的年代里 道德像一声口哨
响亮但并不见踪影

你可以绝对地摒弃隐蔽的淑女
绝对更像秋天的一棵树　一对
烂漫在私人花园中的玫瑰
其实这是一种悲剧 它的情节
至少在物质上打败了诗人

精神和物质之间不断扩大的阴影
这是阿瑟·米勒为我们挖掘的战壕
戏剧人员和导演

他们在过去或者将来

仍然会像妻子和丈夫之间的眼神

1991 年 3 月 16 日　武汉大学桂园六舍

# 波德莱尔的巴黎

在巴黎的逆光中　波德莱尔
越过幸福以及失意的蓝天白云
他的身影是一句狭长的
比绳子更残酷的咒语

波德莱尔在酒的倒影里
看见黯淡的女人　看见挥霍中的巴黎
在香水中间开出久病的花朵
波德莱尔的巴黎
在孤独中清醒　在沉沦中恐惧
在悔恨中忘记悔恨

波德莱尔翻遍所有的口袋
只能用伤痛换来隐秘的精神
品咂忧郁的气味　尝遍了忧郁的颜色

但杯底只能是傲慢的碎片

在鲜花盛开的巴黎　少女的香味
燃烧着秘密的风景
波德莱尔开放了悔恨　这样的花
耗尽了他一辈子对巴黎的真诚

1991年9月21日　武汉大学桂园六舍

# 克利进行曲

把耳朵叠起　皱起眉头
沉默寡言成一只蜘蛛
而你是醒着的
正在吐丝 编织不会感冒的线条
克利没有细节
只有任性的色彩
凉丝丝地游走在厚重的孤独中

在克利的画中
世界在一只回形针里行走
克利选择手够不着的地方
让风捆绑骄傲的风声
我看见克利把自己拉长
但没人知道你会挂在哪里

而风的手指　摸到了
线条上有那么多的死结

1990 年 12 月 3 日　武汉大学桂园六舍

# 七月的戈迪默

南非　七月的村庄
你白得耀眼　白得让黑晕目

远处是纷争的手鼓声
更远处是长矛挑落爱果的疼痛
在南非　你不知不觉卷入了
伤害和粗暴中的沉默

一切从颜色开始　白或黑
以及七月里又青又硬的木瓜
它们是南非的色彩
是生命与生命渗出的原色
这也是已被烧沸的颜色

在南非 已故的资产阶级

是一棵热带雨林中的树
树叶肥大　枝干空心无力
在南非　已故的资产阶级
内疚在渐渐膨胀
像那朵暴风雨来临前的乌云

七月的戈迪默　用不分性别的橡皮
擦去了不属于她的色彩

1993 年 4 月 28 日　湖州

# 亚麻桌布：南非

纯粹的房间　桌上的花瓶
但我无法隐藏这种岁月

曾经的亚麻桌布
干净具体地刻画一个民族的经历
这种可能　使我在窗子的后面
看清了殖民主义的企图
亚麻桌布　你追随了怎样的品质
在每一种想入非非的图案中至善至美

是哪一双手托平了你的软弱
亚麻桌布　平静地展开在花瓶的下面
那些花开得正艳
但无端的阳光
在图案和花之间移动光明和黑暗

同时让所有的理解渐渐褪色

亚麻桌布　陌生以及祝福
只有花瓶是醒目的
鲜花的压迫以美的压力
让我找不到真理

整个下午　或者整个世纪
这样的情节随处可见
阳光落在花上　它们落下意外的影子
亚麻桌布上的图案
由此在影子里倒向塑造的美

1988年7月16日　湖州

# 一支晚年的英国圆号

一支英国圆号　一杯柠檬汁　以及落叶
黄黄的有着荒唐的晚年
终于在一个贵族身上发生
一切都回到了疲倦的状态
尤其是心灵　这永远也装不满的盒子
它终于在忧伤中明朗了
年龄是一颗柠檬
当你品味出它的内涵时
一切都被冒险拥挤
甚至像穷途上马帮的铃声

在晚年　音乐是一种液体
只有它能浸透
往事或朋友之间的真诚
尤其是圆号　嘹亮　诚恳

一步紧一步催促你进入无边无际的意境
一个贵族　同样贵族气息的孤独
像风吹开落叶的声音
在穷人无法展开的天空下
像柠檬一样酸得含蓄

1988 年 3 月 2 日　湖州

# 罗马勇士，太阳也西沉

爱人的冲动　从北到南的歌唱
是阳光落在小鸟翅膀上的声音
远处的勇士　他的战马
他的铁质的口号
因为是爱人而觉得太阳西沉

他的战士正倾斜地前进
他的庄园
和水果同样丰收的
却是浓妆的妇女的气味

我一辈子看过许多面孔
我一辈子不能忘却的是悦耳的夜莺声
睡吧　上帝下面的瞌睡人
你的梦中一定充满了极度的悲愤

远处的岛
小小的不动感情的手势
那女人挥走了潮湿的气氛
剩下的却是散落在
地中海海滩上干涸的贝
大海是宽容的
容纳了风暴和一浪高过一浪的诅咒
他的战士像蚂蚁一样受到伤害
他的家园躲闪在羞愧的中间

勇士　太阳也西沉
我一辈子看过许多传说
我一辈子不能忘却的是母爱
醒来吧　上帝下面的流血者
更多的路正鞭打你的双脚

1987年2月11日　湖州

# 耶路撒冷

地中海的风蓝蓝的
蓝得每一双眼睛像一片大海

耶路撒冷的秋天很热
热得四千年的格言仍然烫手

我在耶路撒冷的祈祷中
听见了银色的首饰
看见了涂满血迹的誓言
耶路撒冷像一只有角的绵羊

我们都在游戏中成长
都在民谣中进入梦境
唯有田野的风忽紧忽慢
吹过种满习惯的村庄

阿拉伯人的驼铃嘹亮
亮得心都可以照人

犹太人的首饰清脆
纯得每一句歌词都能开花结果

1988年12月28日　湖州

# 辑四

# 屈服于想象

# 暧昧

## 一

云，至今还在
屈服于想象，崇高在年代之上
它栖居在眼帘
为死去的，委屈的，永生的
都盖上了洁白的外套
如果有乌云，也因为你有一双浑浊的眼睛
这是多么宽广的事
对一个仰望者，云就是天空

## 二

你是个强者，磨破了那么多路
喊痛了众多的野花
你的背影，方方正正
像这张没有折叠过的信纸
不会有意外了
每一条路都从心出发
到心死为止
风吹草低
被惊的鸟都在你的纸上
落款人一定在异乡

## 三

日出而作，汗会发芽
日落西山，回家的路弯得像一个问号
去年的米，还有活着的吗
去年的汗，还有会说话的吗

山不会说话，人老了更不会说话
童言无忌
水缸里的水越来越浅
活着的是倒影

**四**

委屈成就伟大
你自言自语
一个奴隶
从此在一根野藤上开花结果
山路是弯的
河水是弯的
招呼是弯的
通向心的血液也是弯的
九曲十八弯，你站定时发现
影子不弯，只是斜了一点

## 五

情就是一只杯子，满则溢
用心做爱，你会死在第一个发音里
不要再回来了
留在体外，留在只吃果子不做饭的乌有乡
哦，杯子
自己喝光。把脸转向别处
不要再回来了
干死北方的马，南方的牛
旱死仅剩的草地和有裂缝的杯子

## 六

虫子，渺小而博大
已没有什么不可以鸣叫的了
没有界限，甚至赤身裸体
小，是曲高和寡在一片落叶的一角
而博大，是鸣叫

占据这么辽阔的秋
一声声，没有缝隙
更没有人插得了一句嘴

## 七

自从你把花插进唐代的瓦罐里时
赞美是剑锋，不说不亮
不动不快
战争一直游走在袖边
血淌在真话中间
幼稚的疑问只能留在全能的母亲的膝边
有时真会厌倦
这仗无论和谁，还是自己
打得像开过的花一样潦倒
有时真会厌倦
女人的裙下总有一些
采花、葬花、种花的人

## 八

沉鱼是一种姿态，水因为鱼静止了
常在河边走的人
鞋子支吾着许多有水分的经验
浪，真的可以淘沙吗
长江一直在装聋作哑
你生性善良
更不善对流水刨根问底
你说，这漩涡像好看的年轮
每一圈，深不可测，年岁已高
连沉鱼都知道
轻浮久了该沉下去想想，什么叫流逝

## 九

戏，和一桌酒菜一样
主菜，开胃菜，当然还有养生的菜
看戏的人都心知肚明，但谁都不会轻易出口

色、香、味，不可缺一
演戏的主角抖了抖水袖，捋了捋胡须
千年的怨恨情仇纷纷落地
演戏结束，掉落一地的长调或旁白
都随看戏人纷纷站起
一些走得快，另一些走得慢
它们都会在各家各户重新上演

## 十

雪落无声，雪盖住了起伏的日子
我是个任性的人
一脸委屈回想他回头灿灿的笑脸
肩，一耸一耸的背影
一切是那样忠实可靠
雪漂白了所有的颜色
天越来越低，鸟越飞越远
他逐渐失去了色彩
远处的背影成一个黑点

在苍白的季节里
小小的黑点比我的眼睛更黑

## 十一

再走下去，你还会看见什么
那些花草长成女儿的辫子
果子，全在别人的肚里
再走下去，风只翻你喜欢的书页
雪只落在自家的院里
麻雀和你只有一个肩的距离
再走下去，已经没有季节了
冷暖只剩下一粒小小的圆滑的纽扣
名声被拧成一条绳子
你是一只被驯服的山羊
拴在村东
高高大大的祠堂门前

2016 年 10 月 14 日　南疆柯坪

# 推敲

## 一

想到贾岛，门总是紧闭着
昔日的好月光，如今成了一张白纸
想画最美最好的画吗
灯太亮了肯定不行

## 二

走了那么多弯路
终于见到了刷了朱漆的门
宽大厚实，夜里
你看见门缝里的光
这是出世的留白

## 三

你回过身来的样子
左肩比右肩斜了些
担负的想法左右为难
肩膀的不端总比路不平要自然些
路就这样走过来的
你的回望，枯荣升上了脸颊

## 四

没有黑字的日子
不会有白天
没有白纸的人
不认识长夜的黑

## 五

墙角的小青苔

把容易落叶的树一一弄哭
一根光秃秃的树干上
鸟一次次抖落了
传说中的谷雨

## 六

你的直觉，是一地玉米
它们有泪珠般的颗粒状
可以喂饱想哭的人
哭吧，人身上的河流
不会掉头，不会干涸
这条河，确实是一个长不大的孩子
还以为两岸的槐树
真的会长得高高大大

## 七

节日必有杀气

不依不饶的唢呐声中
自由散漫惯了的鸡鸭从此止步
在供案上，它们沉默寡言
像为一群智者静听
人间的琐事

## 八

米一样细碎的日子里
灶台的周围，女人如水
水缸里有她们舀不完的日月
口味淡了，还有盐
咸的，被熬成了婆
才有糖吃，甜了

## 九

风花雪月总是如期而来

这花比春还跑得快
把篱笆再扎紧一点吧
让风回到云上去
让古人再次作古

## 十

那些健忘的、远走他乡的、不善流泪的
把自己交给远方的人
最后都跪在老家的香炉里
比香的烟轻
比看远方的眼神还要缥缈

## 十一

碑上的字，并不是他的笔迹
姓和名终于还给了命名他的人
在这里，他偏安一隅

胸怀从未有如此的宁静

## 十二

在推和敲两个字周围
有闭眼的人，有闭门不出的人
有闭口不谈国事的人
他们一次次被人推翻
还不断地敲响自己沉闷的小胸膛

2017 年 3 月 28 日　湖州

# 倾诉

## 一

采摘露水和花朵的手
现在已经平静 在春天的水中
倒影只是一种习惯
那些把日子放在水瓢里的人
路过了磨损的脚印
他们在寻找宁静的岸
让遍体鳞伤的欲望
过渡到对岸的宽叶林带

如果我开始倾诉
请你准备透明的袋子
并且和我一起受伤
那些黯淡的人 受惊的石头

以及沉默之后的运动
都被晾在屋外的草绳上
日晒夜露

## 二

那些精致的初恋
我无法让早已秃尖的笔描绘

谁已把桨声搁在你的泪水里了
谁已看见春天的雾
已经习惯了 包括罂粟的颜色
有人在饱餐额外的爱情
有人的不幸在唱片上反复被追认

如果天空是晴朗的
那么我只能穿浅色的衬衫
你也无法像一朵花
随心地开放自己的语言

谁家的孩子一夜间苍老
谁的镜子只照秋天的河水
我活在温柔的门外
一直像一颗水分太多的红枣
忍受是一种美德 爱与恨

这是一片无边的土地
有人种满了惹眼的花草
好言恶语也就成红花绿叶了

## 三

这时你会听见风琴的声音
它们惨淡在月光的深处
像梦中的安慰含糊不清

那些被书页划破手指的人
同样看见了杜鹃啼血
如果现在有人敲门

我会打开抽屉 让他看看
里面像被掏光种子的瓜一样
没有准备也毫无内容

我那积累已久的思想呢
真希望脸上有一些情节丰富的雀斑
沉重的文字犹如精加工过的链子
它们集中 如同情人的手臂
在天高气爽中进行它们的事业
我已疲于青春的红晕
像饱满的葡萄经常受伤

**四**

那些风中的轻柔作物
使我的梦推迟了完善
我在一根绳子上让世界复杂

美丽的传说 闪亮的银杯

以及你在石头上可信赖的背影
让我默认各自的基础

我系一个结　是一段往事
我解一个结　是一场游戏
我的爱已成了死结

我像中午的过客一样
总能嗅到家的概念
流浪也是一种倾诉
伤口和鞋上的破洞
同时像怒放的花一样醒目

谁在烛光下翻拣更早的黎明
谁的语言碰落了爱人脸上的星星
为此我在等待行船的人
让他的竹竿撑离你伤风的风景

## 五

如果让我来记忆
我必须停泊在朋友的两岸
他们的灯 幸福 低垂的面孔
全在花的面前复杂

这里没有海 只有河水
他们从小就有了玻璃的友谊
一场雪中 他们的脚印由浅至深
我在一扇窗前辨认四季的风声

命运只不过像岸边的小船
三十年河东 三十年河西
它们更像茶馆中老人的烟杆
在均匀的呼吸中忽明忽暗
为此我忘记了路和绳的区别
我们都来去匆匆
都在圈套中幸福地进出自如

## 六

当我被一种色彩击伤
河流就毫无意义了 它们的倒影
以及专心致志的倾向
终将在我的倒影中分道或拐弯

在我崇拜清凉的季节中
你那叮当作响逼近我的首饰呢
如今是否依然动人
我曾经袒露在桌上的杯子
它们像我的感情容易满足
如果让我色彩斑斓
那肯定是在春天的尽头

落花流水之后总有果实的倒影
我所钟爱的名字
如今已磨损了它们的光彩
你是哪一个名字
请你让我反复看清你的笔画

## 七

在爱情的面前音乐是一只篮子
我用它满载你的低语
在风中回家在雨中出门
它们四面通风像月亮一样
总能漏进你的窗子直至你的床前

我看见黑色的石头上
时间像一堆干草 它们的颜色
有时新鲜 更多的时候灰暗

我把手举在头以下的部位
庄严或者琢磨意料中的情节
但最终连一封情书也不曾出手
你永远也不能懂得男人是哪种植物
我努力地节外生枝
努力中阳光也终于醒目
在我的植物中 自行车
土堆中生锈的理性著作 甲壳虫

它们为我而存在

## 八

那些在秋天里的谜语
接近了桨声

谁在一片枯叶的经脉上
和我一起流浪
我多次走遍家园
水井 羊咩 风箱的节奏
让我彻底的迷路

这时 爱情是软弱的
它像我无力抵抗的姓氏
依靠着绘画者和神话色彩的星星
在黑暗中
让腰部以上的动作逐渐迟钝

在一盘石磨的后面
我看见了你复杂的手势
曾经采撷过百合花的风格
和暗藏在孤独深处的情感
在一个早晨你终于心花怒放

## 九

向阳的地方 什么样的自行车
什么样的天空下极不自然的樱花
你又在哪里生气

在和水有关的背景里
长发一落千丈
当我为了天空的幸运
你那娇小的理由
为何还没有摆脱摇篮的困境

什么样的自行车 风中的种子

那些帆上的颂歌
如今已尝遍了风吹雨打的经验
什么样的种子
谁有光明中又黑又亮的胡须
它的漂泊是水草的漂泊
那些孤单的人 他们的线条
是山谷中横卧已久的树枝
是什么样的声音能够惊醒理解

## 十

如果让我来倾诉
黄铜的拉手 玻璃弹子 火柴
这些随便的物件
足够让我一觉醒来

我听见黄铜的拉手在反复弹奏一支曲子
这种贵族的节奏中
火柴点亮了多年以前的蜡烛

你可以看见黄色的手稿
通篇全是受伤的世界

谁的椅子 伤口 以及潮湿的表情
寂寞中的平原上
秘密的流浪全在椅子上完成

如果让我倾诉
玉兰树下的爱情就会潮湿
如果让我来回忆
分享往事的手就节外生枝

## 十一

这时你会采集到粗鲁的叶子
但阳光很近
它们荡漾在山下的湖中
但你无法让自己湿透
无法让爱在大河中顺流而下

站在你的附近
守望着皱纹 这蜘蛛的力量和象征
有一些伤痕能使你失去面容
另一些仇恨被塑成雕像

在这疲惫的毯子上
水果压弯了枝头
我就这样站在你的出口处
用手呼吸隐藏在风景中的情绪
谁让你终于成为我倾诉的女人

## 十二

为了一种幸运 流星陨落
使我打破了春天的杯子

那些单调的房屋
否定了屋檐下燕子的呢喃
我在被蒙蔽中持久洋溢着惊险的状态

接受阳光穿过丝绸的过程

而你在花的面前
已连续了两个春天
而谁的手正在收拾第三个春天
也许这是一种惯性
这样的伴侣在阴天里也会鲜艳明亮

在贫困的语言里
我却是一件沾满花粉的衬衣
你的温柔是三月中的温柔
你的习惯是春秋分明的习惯
还有的是花园 风铃 飞鸟的暗示
我只能在一条回归线上
用精巧的诗句雕刻你的倒影

## 十三

你的肩头堆积了鸟鸣

远处的笛声散步在残忍的左边
我要让汗淋淋的爱
平静地回来 这种古老而散漫的游戏
只能在蓝天留下痕迹

玻璃在城市的中心部位
它们小心 易碎 甚至让爱情
在手的面前成为奢侈的事件

如果让我来倾诉
伤害的终究是我内心的颂歌
如果让我来倾诉
我会站在黎明前的百合花中
和它们交换着马蹄的声音
路是遥远的
真正的爱也是鞭长莫及

1991 年 5 月　武汉大学桂园六舍